ET Scrittori

# Andrea Bajani
# La vita non è in ordine alfabetico

Einaudi

La vita non è in ordine alfabetico

Il primo giorno di scuola, il maestro ha appoggiato sulla cattedra una scatola di legno. Poi ha sollevato il coperchio, ci ha guardato dentro, e una dopo l'altra ha cominciato a tirare fuori le lettere dell'alfabeto. Erano pezzi di legno colorati, ciascuno con una sua forma. Senza respirare, abbiamo lasciato i banchi e siamo scivolati verso di lui, come limature di ferro richiamate dalla calamita. In pochi minuti eravamo raccolti intorno alla cattedra. Quando ha estratto l'ultima lettera – era la G e il maestro l'ha lasciata insieme alle altre sulla fòrmica del tavolo – ci ha chiesto di fare silenzio. Quindi ci ha spiegato che le lettere dell'alfabeto sono ventuno. Possono sembrare poche, ha detto, ma con queste lettere, d'ora in poi dovrete fare tutto. Con ventuno lettere – ha detto prendendole tutte nelle mani e poi passandole sotto i nostri nasi – si può costruire e distruggere il mondo, nascere e morire, amare, soffrire, minacciare, aiutare, chiedere, ordinare, supplicare, consolare, ridere, domandare, vendicarsi, accarezzare.

A

# Amore

Chi l'avrebbe detto che proprio in quel momento, conciato cosí, avresti pensato al cane di tua zia.
Proprio lí, seduto in sala parto con una cuffia in testa, il camice e la mascherina. Tua moglie, che sof-
fiava a comando accanto a te, pretendeva che tu le
tenessi la mano e le dicessi che sarebbe andato tutto
bene. L'ostetrica, china tra le sue gambe – in realtà
parlava verso il punto in cui tutto sarebbe successo,
come dovesse prima di tutto convincere il bambino
a venire fuori –, ti chiedeva di farti sentire. E il tuo
papà – diceva –, il tuo papà dov'è finito che non
sentiamo la sua voce? L'avranno rapito i marziani?
Sarà diventato muto – insisteva l'ostetrica flautando
le parole tra le gambe di tua moglie – oppure è solo
un papà timido? E insomma tu, mentre tutti ti chiedevano di dire o fare qualcosa, mentre tua moglie
urlava per il dolore delle spinte, tu pensavi al cane
di tua zia acciambellato sotto la sedia al ristorante.

Le infermiere ti hanno anche chiesto se volevi vedere meglio, se per caso volessi passare *davanti*. Sentire la voce del papà, e soprattutto vederti lí fuori,
in piena luce, forse l'avrebbe convinto a uscire piú
in fretta dal buio in cui da nove mesi stava rintana-
to. Ma tu hai fatto segno con un braccio che prefe-

rivi restare dov'eri, accanto a tua moglie, e lei ti ha stretto la mano in segno di ringraziamento. Intanto però – in fondo non ti sentivi nemmeno troppo in colpa – pensavi a quel cocker nero, che per tutta la sera era stato sotto la sedia di tua zia con gli occhi chiusi a sonnecchiare. Eravate seduti all'aperto, in un posto di mezza montagna con i tavoli in discesa, e lei ti parlava soltanto del cane, e della passione che aveva per i cani da caccia. Tu l'avevi guardato dormire lí sotto. In mezzo a quel pensiero tua moglie però ha urlato e ti ha conficcato le unghie dentro il polso, ma poi è ritornata a soffiare a ritmo regolare.

Dài che ci siamo, ha detto l'ostetrica concitata. Tua moglie ha iniziato a gridare piú forte, e tu sei ritornato a pensare al cane di tua zia. Quando lei aveva parlato della sua passione per i cani da caccia avevi guardato quel cocker da appartamento, cresciuto in novanta metri quadri, nutrito a scatolette e con un pollo di gomma come amico. Poi si era avvicinato il cameriere e aveva detto di non spaventarvi, che c'erano dei cinghiali oltre la staccionata, ma era normale – l'ostetrica intanto ha detto «Bravissimo, sei quasi fuori», e tua moglie ti ha stretto piú forte la mano – in quelle zone di montagna. E poi – era a questo che pensavi in sala parto – con uno strappo il cane era schizzato via da sotto la sedia, per un puro istinto. Era corso oltre la staccionata con il guinzaglio al collo e l'avevate visto abbaiare furioso, lui cosí piccolo, ai cinghiali. Voi vi eravate alzati dalla sedia – ma c'è stato un pianto che si è rotto, ed era una cosa bellissima e sottile, tuo figlio che nasceva.

# Ancòra

Con tre figli che vanno tutti già a scuola, non l'avresti mai detto che un giorno, di colpo, ti sarebbe mancata la mamma. Eppure è proprio cosí e non c'è niente da fare, e pazienza se la statistica dice che alla tua età dovresti fare pensieri diversi. Ora infatti – te lo ripeti ogni giorno – sei una donna e non piú una bambina. Dopo averlo sognato per anni, sei riuscita ad aprire un ristorantino piccolo piccolo. Non è niente di che: è una vetrina da cui si vedono cinque tavoli sistemati per sembrare un salotto di casa. Ogni mattina, quando apri, pensi che è un peccato non poter mostrarlo a tua madre. Quando eri piccola dicevi che avere un ristorante per te sarebbe stata la gioia piú grande. Lei ti guardava, e ti appoggiava una mano sopra la testa.

Da tre settimane ogni giorno c'è una ragazza che arriva, all'ora di pranzo. Avrà poco piú di vent'anni. È alta, sarà quasi uno e ottanta, ha riccioli biondi lasciati cadere, occhi azzurri e lunghissimi, e labbra chiare e sottili. Si siede sempre allo stesso tavolo, e non apre nemmeno la lista. Prende il risotto alla pescatora e un bicchiere di acqua frizzante. Per il resto sta lí, fa dei disegni sul tovagliolo di carta, quadrati e punti interrogativi, un misto tra una domanda ed un quiz. E non fa altro, non manda messaggi sul cellulare e non telefona, che sono le occupazioni di chi va nei ristoranti da solo. Lei sta dentro la sedia con uno sguardo sereno, e ti guarda facendo segni sul tovagliolo. Lo fa con dolcezza infinita, struggente, e un sorriso appena accennato che resta uguale anche quando incrocia il tuo sguardo.

Poi a un certo punto si alza e il caffè lo prende al bancone. Ti chiede un espresso, e ti posa gli occhi sopra come una foglia caduta sulla testa di un bambino che passava di lí. Quindi paga, si abbottona la giacca e se ne va via. Tu sparecchi, e prima di buttare via il tovagliolo guardi i disegni, interroghi il quiz. Poi fai un lungo respiro. Mai una volta che abbia provato a dirti qualcosa. Solo la sedia, il tavolo, il risotto alla pescatora e il caffè. E quel modo struggente di non chiedere niente, di stare dentro un punto di silenzio che è lontano e al tempo stesso vicino. Quando esce, le fissi la schiena e la guardi con gli occhi, oltre la vetrina, attraversare la strada. E ti passi la mano sopra la testa per sentire se è rimasta una foglia, e sei certa – nessuno ti convincerà del contrario – che quella ragazza è tua madre, tornata tra i vivi quando manca poco a Natale.

B

# Bandiera

Non avete visto il momento in cui l'hanno legata alla ringhiera. Un tardo pomeriggio, rincasando, l'avete semplicemente trovata a sventolare dal balcone. Il vento la prendeva, se la trascinava dietro, e poi l'abbandonava secondo i suoi capricci. La bandiera lo sentiva arrivare, gli si apriva, gli offriva un ventre da riempire e poi, dopo essere stata attraversata, ricadeva giú – svuotata – ridotta a nient'altro che a tessuto. Il primo giorno siete rimasti a guardarla per un'ora, aspettando che arrivasse un'onda d'aria, e dopo un'altra, e che il vento, gonfiandola, vi spiegasse i tre colori. Ogni volta contavate quanti secondi la bandiera riusciva a stare in equilibrio sulla cresta – uno, due, tre, cinque, ventiquattro – prima di precipitare e lasciarlo andare via.

Poi è arrivato l'autunno. La pioggia l'ha impregnata di sé per settimane, e quando il vento l'asciugava, dopo poco la pioggia tornava a colpirla. Dietro la bandiera, oltre i vetri, una famiglia ha consumato pranzi e cene, la domenica seduti intorno alla tavola piú grande, il sabato sera soltanto due piatti e la tavola apparecchiata a metà. Il primo inverno è stato mite, poi è arrivata la primavera e oltre i vetri hanno cominciato a litigare. Voi vi nascondevate dietro le tende per paura di essere scoperti, quando il padre usciva nervoso per fumare e poi tornava dentro ancora piú arrabbiato. Una domenica, erano seduti intorno al tavolo piú grande, il padre, la madre, la figlia. Il padre si è alzato di colpo, è passato in cucina e ha lanciato in terra un piatto con sopra qualcosa, e le grida – del padre – sono arrivate fino in casa vostra, dall'altra parte della strada.

Il sole della prima estate ha un po' sbiadito la bandiera. L'avete notato un tardo pomeriggio, rincasando: il rosso si era arreso all'arancione, il verde era già stinto almeno per metà. Oltre i vetri hanno continuato a litigare. La figlia si è vista sempre meno, e mai piú comunque per mangiare. La sera il padre è rimasto spesso seduto al tavolo da solo fino a tardi, e la madre dopo un po' ha smesso di sedersi accanto a lui per convincerlo a seguirla in camera da letto. Poi è arrivata la seconda estate, che ha portato via altro colore alla bandiera. Il sole della terza e della quarta, insieme alla pioggia degli autunni e degli inverni, ha fatto il resto del lavoro. Una domenica avete visto il padre e la madre mangiare da soli a pranzo, senza dirsi una parola. Ma fuori c'era un po' di vento, che dava sollievo. E sul balcone sventolava, quasi con pigrizia, una bandiera bianca.

# Buio

Alla fine come sempre hai ceduto. Tua figlia si porterà una padella da cucina e la lascerà sotto il letto per i bisogni impellenti della notte. La mattina – i patti sono questi – la porterà subito fuori e la laverà con il detersivo. L'avete presa dal ripostiglio, tra le stoviglie dismesse da generazioni. Per entrare avete provato chiavi per almeno un quarto d'ora: ognuna sembrava quella giusta ma alla fine non riusciva a farsi largo. Tu le estraevi una dopo l'altra dalla toppa infastidito, con la mano pronta a colpire la porta con un pugno. Ma tua figlia ti passava un altro mazzo – uno dei cinque scovati in quella vecchia casa di montagna – con un gesto repentino che serviva per prevenire la tua rabbia o la rinuncia. Lo sollevava verso di te con entrambe le mani, come un dono offerto in sacrificio al dio recalcitrante delle porte. Quando poi la porta si è aperta, vi siete fatti largo tra le ragnatele, ma era tale la sua paura della notte – di percorrere al buio il ballatoio per raggiungere il bagno – che i ragni al confronto le sono sembrati un comitato d'accoglienza.

La padella adesso è sotto il letto e tua figlia è

piú serena. Ogni volta che provi a spegnere la luce resta in silenzio per qualche secondo, ma ha il
respiro grosso e gli occhi spalancati. Dopo poco
senti un tramestio di lenzuola e di coperte, il cigolio delle molle del letto, il tamburo dei talloni
in terra e infine lo sfrigolio della pipí, la sua paura
fritta al buio. Poi di nuovo il tamburo dei talloni sul pavimento, le molle del letto, il silenzio, gli
occhi aperti, e l'odore aspro nella stanza. «Papà».
Allora accendi di nuovo l'abat-jour, cigoli voltan-
doti, lei cigola voltandosi verso di te e ti guarda
con le guance bagnate. «Cosa c'è?» Scoppia a ridere, e ha pochi denti messi a caso. Ti dice che voleva vedere se c'eri ancora. Le dici sottovoce che ci
sei sempre, e che ci sarai per sempre, alla luce o al
buio, in città come in montagna. Va bene, ti dice
tua figlia. Adesso spegni pure. E allora tu spegni
e lei sta in silenzio con il respiro grosso. Poi ecco
le lenzuola, il cigolio, il tamburo dei talloni, il sof-
fritto di paura.

Cosí accendi e le prometti che le racconterai una
storia. Però prima devi andare in bagno. Quando
lo dici si mette a piangere. Puoi usare la sua padella. Non vuole che tu apra la porta della stanza,
perché oltre la porta non c'è niente. Tu la apri per
dimostrarle che non è vero – c'è tutto quello che
c'era prima. E però ha ragione lei: la montagna
che c'era davanti alla casa non c'è piú. Il campa-
nile non c'è piú. Tu sai – e lo sa lei – che se farai
un passo, non ci sarai piú nemmeno tu. Allora le
dici che non ti scappa e chiudi la porta. Tua figlia
ride con i denti messi a caso. Spegni la luce. Sente

il tamburo dei tuoi talloni e poi il cigolio del letto. È cosí che cominci a raccontare, e tua figlia chiude gli occhi. Nella storia c'è uno scivolo magico. Su quello scivolo si buttano tutti i bambini del mondo, e scendono e scendono, e quando lo scivolo è finito, si apre una porta, e fuori c'è il sole, e c'è una montagna enorme davanti alla finestra e una padella sotto il letto.

C

# Confessione

Hai battuto con la mano sul vetro e la signora ha pensato che volessi salutarla. Per questo si è voltata verso di te, mentre già il treno si muoveva, e con uno sguardo in cui non c'era dentro niente ha tirato su il mento in una specie di commiato. Quindi l'hai vista infilare una rampa di scale – era già diventata una macchia piccola e lontana – e poi è sparita sotto terra. Ma quel tuo battere sul vetro con la mano non era un saluto: in realtà volevi dirle che aveva dimenticato il cuore dentro lo scompartimento. Avresti potuto sporgerglielo dal finestrino, se solo si fosse avvicinata, ma poi lei ha fatto quel gesto con il mento e ha tirato dritto. Così sulle gambe ti è rimasta quella cosa bollente – non stava ferma, ti pulsava sulle cosce – e con una faccia piena di scuse hai guardato gli altri dello scompartimento, un signore ben vestito e una ragazza in minigonna con un bambino in braccio e una cicatrice sulla gamba.

Alla signora era bastata una mezza domanda, per iniziare a parlare. Tu avevi chiesto se le dava fastidio il tuo zainetto, e lei ti aveva risposto di non preoccuparti. Poi era rimasta a guardarti con un mezzo sorriso aspettando un'altra domanda –

«Dove scende, signora?» Dopo – ma non sapresti dire come eravate arrivati fin lí cosí rapidamente, mentre la ragazza giocava col bambino e il signore si ritirava dentro il sonno – lei in pochi minuti ti aveva rovesciato addosso tutto. Un marito morto in tre mesi di tumore al pancreas, una cognata eroinomane, un figlio scappato a Londra, e la pressione molto sopra i limiti. Mentre parlava guardava fuori – avresti potuto alzarti e non se ne sarebbe accorta – con le pupille che saltavano in mezzo al paesaggio, e un paio di lacrime che lei non raccoglieva nemmeno dentro un fazzoletto.

Poi era arrivata la sua stazione – aveva cominciato a prepararsi con qualche minuto d'anticipo – e aveva smesso di parlarti come si chiude un rubinetto. Si era alzata e facendosi spazio tra i vostri piedi era uscita senza salutare. Di colpo – lei era appena sparita – ti eri accorto con sgomento della cosa viva che ti era rimasta sulle gambe. Avevi preso in mano quel cuore spaventoso, pieno di grumi, ma eri riuscito a tenerlo solo pochi istanti. Pulsava all'impazzata, inferocito – molle, viscido, bollente –, un animale atterrito, che tentava di sfuggire alla tua presa. Cosí l'avevi riappoggiato con disgusto sulle gambe, e avevi cercato di attirare l'attenzione della donna battendo con le nocche sopra il vetro. Ma la signora aveva alzato il mento e poi aveva infilato la rampa delle scale: non lo voleva piú, il suo cuore, preferiva abbandonarlo. E dopo siete scomparsi tutti inghiottiti dalla galleria.

## Corteccia

La prima cosa è stata la paura. Era la parte piú bella della collina: gli alberi tenevano a bada l'estate, e d'inverno il sole s'incastrava tra i rami. Tuo padre ti aveva mostrato com'era facile cavalcarli. Ti aveva sollevato e messo in sella al ramo piú basso. Le foglie erano di colpo diventate vicine. Le avevi toccate come si stringe una mano – «Piacere» – e dopo il mondo è diventato piú grande. Tuo padre, sotto, era diventato qualcosa di piccolo che ti pregava di fare attenzione, e poi ti aveva ripreso, e riportato a toccare con i piedi la terra. Invece adesso avete girato la curva e non c'era piú niente. Solo decine di tronchi mozzati, una spianata di moncherini che venivano fuori dal prato. Hai cercato la mano di tuo padre e ci hai infilato dentro la tua. Le parole hanno fatto quello che fanno ogni volta che senti paura: si rintanano dentro la bocca, cercano un punto protetto, e non escono piú.

Ma tuo padre ti ha detto che non c'era da avere paura di niente. L'uomo taglia gli alberi perché vengano su piú forti e piú grandi di prima, e ci saranno altri bambini ad andarci al galoppo se altri padri avranno voglia di insegnarglielo a fare. Quindi ti ha mostrato la segatura, ai piedi dei tronchi mozzati. Ne ha presa un po' tra le mani e ha lasciato che gli scivolasse tra le dita come sabbia del mare, e andasse a impolverare l'erba piú in basso. Dopo l'hai fatto pure tu, ed era fredda, e hai detto a tuo padre che quella sabbia ti piaceva. Lui ha tirato fuori dalla tasca un fazzoletto pulito, e tu ci hai lasciato cadere dentro una manciata gialla di albero in polvere. L'ha chiuso con cura e se l'è messo nella tasca dei pantaloni. Ma tu gli hai detto che ne volevi di piú, e cosí si è frugato dentro la giacca, ha tirato fuori una borsa di nylon, e c'è voluto poco perché si riempisse.

Tuo padre stava accucciato davanti al moncone dell'albero, e tu eri accucciato al suo fianco con la borsa di nylon tra i piedi. Ti ha mostrato i cerchi che il fusto portava dentro di sé, il piú piccolo al centro e gli altri che gli si allargavano attorno sempre piú grandi. La corteccia arrivava alla fine. Tu hai toccato i cerchi, li hai percorsi col dito. Tuo padre ha detto che sono le vite dell'albero che si aprono le une dopo le altre, come i cerchi che prendono il largo attorno alla caduta di un sasso nell'acqua. Infine ha detto «Anche tu», e ha fatto un gesto, in mezzo alla collina, alzando la mano sopra di lui, come se lasciasse cadere qualcosa. E quella cosa che precipitava dalla mano di tuo padre eri tu, sette anni fa, che finalmente arrivavi, cadendo nel mondo un venerdí mattina presto, con un volo – l'hai seguito con gli occhi, lí vicino al tronco – e poi quell'ingresso, lo schizzo, e i cerchi che tutt'intorno avevano cominciato a partire.

D

# Dominus

Sei salita sul 38 che ogni passo ti sembrava piú leggero di sempre. I due gradini li hai superati come soffiata da una folata di vento, e quando sei passata accanto all'autista, ci potresti giurare che ti ha guardata con occhi incantati. Una ragazza, seduta davanti, ha fatto cenno di alzarsi, quando ti ha vista avanzare. Ha chiuso il libro che teneva aperto sulle ginocchia, l'ha infilato dentro lo zaino e ti ha detto «Signora, si sieda». Ma tu hai sollevato un braccio, hai chinato la testa da un lato, e con un sorriso le hai fatto capire che preferisci che lei resti seduta. È vero – oltretutto evidente – che gli anni ti danno la caccia. Ma se sapesse, questa ragazza che studia sul bus, con quei braccialetti pieni di desideri non ancora avverati, se sapesse quello che l'autista forse ha intuito quando ti ha vista, non ti offrirebbe il suo posto.

Solo quattro giorni fa stavi sdraiata su un letto, eri tutta un intrico di cavi, di flebo, di spie luminose, e di figli e nipoti al tuo fianco. Si sedevano accanto a te, ti prendevano la mano di pelle e di ossa, e ti guardavano come si guarda uno che poi non si potrà piú guardare. Per ultimo si è seduto un prete, e sottovoce ti ha detto che la tua campana era suonata. Dopo avere immerso il pollice destro in una tazzina ti ha toccato in segno di croce prima gli occhi e i lobi degli orecchi, dopo il naso e le labbra, per finire con le mani e coi piedi. Quindi, chinandosi su di te, ha sussurrato «Per istam sanctam unctionem... indulgeat tibi Dominus quidquid deliquisti. Amen». Poi si è alzato e se n'è andato, lasciandoti già oltre la soglia della vita, con gli occhi umidi e arresi dei tuoi familiari che ti guardavano dal bordo del letto.

Solo che poi non sei morta, come la campana del prete diceva. I valori del sangue sono migliorati con rapidità inaspettata, e lo stesso hanno fatto cuore e polmoni. Quattro giorni dopo il dottore, spalancando le braccia, ti ha detto che per lui potevi anche uscire, che avrebbe chiamato i tuoi figli. Ti avevano vista migliorare ma nessuno aveva pensato che si potesse contraddire il verdetto di Dio. Al dottore però hai chiesto di non chiamare nessuno, a casa ci vuoi tornare da sola. Cosí sei uscita dall'ospedale, e fuori c'era un cielo enorme, sulla città. E te ne sei andata in giro cosí, con l'estrema unzione addosso che ti apriva le ali, e quella mattina la città era bellissima, a vederla oltre la vita. I viali, gli alberi, e quella ragazza, sul 38, che prima si era offerta di cederti il posto, e poi aveva ricominciato a studiare.

# Drago

Anche adesso che sei diventata grande non riesci ad andare a dormire, se non c'è il tuo drago con te. A volte lo cerchi per tutta la casa per ore, e quando lo trovi gli tiri le orecchie. Quando eri piccola piangevi se non riuscivi a trovarlo. Urla cosí alte da svegliare tutto il palazzo, e lacrime cosí abbondanti da bagnare il pigiama. La tua mamma e il tuo babbo spostavano i mobili affannati, pur di trovarlo. Arrivavano in stanza correndo, e consegnavano il drago alle tue mani imploranti. Cosí il palazzo tornava a dormire, i tuoi genitori si rilassavano, e il pigiama e i tuoi occhi ritornavano asciutti.

Quindi cominciava la notte. Tua mamma spegneva la luce e tu e il drago vi incamminavate per mano dentro il buio piú buio che c'era. Era proprio durante la notte, quando i tuoi occhi erano chiusi e il tuo respiro gonfiava la stanza, che il cielo e la terra, nei sogni, ti venivano a visitare. Le tue notti erano sempre di fuoco e corallo. La paura a volte ti faceva gridare, altre volte la tua risata era una scintilla che scoppiava nel buio. Lí in mezzo, tra il sonno e il risveglio, passava tutta la storia del mondo, l'acrobazia di desideri e ricordi, e i fantasmi che risalivano la corda del tempo e si affacciavano nella tua stanza.

La mattina ti svegliavi, e qualche volta eri rovesciata dall'altra parte del letto. Il drago lo trovavi sempre sul pavimento sfinito. A colazione la tua mamma e il tuo babbo ti chiedevano i sogni, come fosse una ricevuta da pretendere all'uscita del sonno. Ma tu dicevi che non ne avevi memoria, e in fondo era vero. Prima di andare a scuola guardavi il drago, che li custodiva dentro di sé. E ancora oggi lo guardi, povero drago, con la pancia gravida di tutti i sogni che hai fatto. Un giorno forse verranno al mondo tutti insieme, e ci sarà un gran vento. Forse li riconoscerai, e respirerai piú forte, o forse invece ti coprirai soltanto, perché il freddo non ti ferisca la faccia.

E

Invece di nascere, sei caduta dentro il mondo con un volo. Di questa nascita acrobatica sei cosí orgogliosa che chiedi a tua madre di raccontartela ogni sera. E cosí ogni sera tua madre si siede sul letto accanto a te, ti parla sottovoce, e tu rivieni al mondo. Nel buio della stanza lei, piena di te, s'incammina lungo il vialetto innevato che dalla macchina porta all'ospedale. È quasi Natale, fa freddo, e lei indossa una tuta grande abbastanza da contenere tutte e due nella stessa stoffa. Accanto a lei c'è tuo padre, e ci sono i tuoi zii, e tutti la guardano avanzare con lentezza, le gambe ormai divaricate, la faccia concentrata per riuscire a trattenerti ancora un poco. La bocca dell'ospedale si avvicina, ma mai abbastanza, e tuo padre misura la distanza contando in silenzio quante volte ci sta in cento metri la paura che sente nello stomaco.

Quando tua madre ti racconta della tua nascita, seduta sul letto accanto a te, tu la interrompi di continuo, la rallenti, dilati l'attesa con cui ti stai aspettando. Però lei ti dice che non c'è piú tempo, che non ce la fa piú. Fa ancora qualche passo, su quel vialetto in pieno inverno, e poi sente che tutto è scivolato fuori, si è aperto il portellone, un corpo è in volo in mezzo al cielo. C'è un attimo in cui si guardano senza dirsi nulla, lei e tuo padre, e hanno gli occhi larghi abbastanza da lasciarti uscire. E dopo quell'attimo, che dura sempre troppo poco, si sente un pianto sottile, un silenzio che si crepa, e da quel silenzio esci tu, raccolta dalla tuta che tua madre ha preso larga abbastanza perché contenesse tutte e due. Lei ti sente, dentro i pantaloni, e ride, e nella stanza in cui ogni sera torni al mondo, insieme a lei sorridi tu.

Ogni tanto, poi, il venerdí ti viene a prendere alla lezione di circo. Non annuncia mai la sua venuta, è sempre una sorpresa che scopri solo quando è finita la lezione. Lei entra, raggiunge un angolo della palestra, e si rannicchia in terra. A volte porta la macchina fotografica, e ti filma per i pochi minuti che dura ancora l'esercizio. Quando riguardate il filmato, ci sei tu che te ne stai sospesa, altissima, lontana dal pavimento e dal soffitto, volteggi sui tessuti in mezzo all'aria. C'è un momento in cui l'esercizio prevede che di colpo ti lasci andare giú, ti abbandoni alla gravità, precipiti verso la terra. E tu in quegli istanti – chi sta sotto a guardare smette di respirare –, tu in quegli istanti, a vederti nel video, hai degli occhi che sono cosí pieni di pace, cosí densi di tempo, fino a quando il tessuto, con uno strappo, a un metro dal suolo, ti raccoglie.

# Estasi

Hai visto tua sorella buttarsi in terra e piangere, per un paio di jeans. Hai visto i tuoi genitori guardarla senza riuscire a dire una parola, e dopo tua madre cominciare a urlare contro di lei. Hai visto tuo padre prendersi il tovagliolo da sopra le ginocchia, sfregarselo sulle labbra, poggiarlo accanto al piatto, e andarsene via. Avete sentito sbattere la porta della loro camera da letto. Tua sorella si è raccolta su se stessa, sopra il pavimento, e ha detto che quei jeans li voleva a tutti i costi. Non importa se tua madre nel frattempo ha smesso di gridare e si è inginocchiata accanto a lei per consolarla. Non importa, perché lei si è raccolta ancora di piú, come un feto, come fosse nata in quel momento a quindici anni. Le lacrime si sono riunite sotto di lei in una pozza trasparente in cui per un momento il suo volto si è specchiato. Tu sei rimasto al tavolo da solo, perché le patatine fritte a casa vostra si vedono di rado.

Dal momento che è piú grande, tua sorella ti spiega sempre quello che succede. Cosí la sera tardi, parlando piano dentro il letto, ti ha detto che senza quei jeans non si sente bene, che da quando ce li hanno, le sue amiche sono cambiate. I ragazzi si interessano a loro mentre prima voltavano la faccia dall'altra parte. Ti ha anche spiegato, saltando in piedi sul materasso e tirandosi su la maglietta, che senza quei jeans il suo sedere è destinato a restare un sedere qualsiasi, e nessuno la inviterà mai a uscire. Ma poi tua madre, dall'altra stanza, ha urlato che era ora di dormire. Tua sorella si è lasciata cadere giú di colpo. Quindi si è infilata nel letto come dentro una busta da lettera, si è tirata le lenzuola oltre la testa, e si è spedita nel buio della notte.

Alla fine tua sorella i jeans li ha avuti. Li hai visti ripiegati sulla sedia una sera di inizio primavera. Ti sei assicurato che i tuoi genitori e tua sorella fossero davanti alla televisione. Hai detto che saresti rimasto in camera a giocare, e hai chiuso la porta della stanza. Con il cuore che ti batteva come un tamburo hai preso i jeans di tua sorella dalla sedia. Hai infilato prima la gamba destra – ti erano un po' grandi ma meno di quello che ti saresti aspettato – e dopo la sinistra. Per abbottonarli hai trattenuto il fiato, come avevi visto fare a lei. Quindi li hai chiusi e – potresti giurarlo – hai sentito che lí dentro qualcosa si muoveva. Il tuo sedere cresceva di volume. Persino la tua ombra sul muro era piú grande, saliva su come un incendio che divampa. Poi non hai piú sentito niente. E quando hai riaperto gli occhi c'erano tua madre che cercava di farti rinvenire, e tua sorella che impallidita ti guardava ritornare al mondo nei suoi jeans.

F

# Fessure

Ti avevano detto che aveva preso un po' di chi-li, ma questa – hai pensato quando ti è venuto incontro offrendoti la mano – è un'enormità che gli è successa. Ti ha anche detto il suo nome, come se ti presentasse quel signore che nel frattempo – quanti anni: cinque, otto, cinquanta? – era diventato. Dopo ti ha fatto vedere qualcosa di simile a un sorriso: una montagna di carne con due fessure al posto degli occhi e quel taglio della bocca per dirti la sua contentezza per quell'incontro inaspettato. Tu l'hai guardato e gli hai offerto la tua mano, che è sparita in un attimo nel grasso della sua. Hai sperato con tutto te stesso che non si accorgesse dell'orrore che provavi alla sua vista. Ma la tua bocca si dev'essere increspata un poco per il raccapriccio. L'hai fissato come si guarda una ferita aperta, e dopo gli hai chiesto «Che cosa ti è successo?»

Mentre lo guardavi – fermi all'angolo tra due strade – ti è venuta in mente tua madre. La sera si sedeva a tavola e ti diceva che tu non le volevi bene abbastanza – diceva proprio «Tu non mi vuoi abbastanza bene» – e lei aveva deciso di uccidersi con il cibo. Quindi chinava la testa sopra il piatto e infilava in bocca tutto quello che aveva davanti: doppia razione di pasta, doppia razione di carne, doppia razione di dolce, e una bottiglia di vino. Ti condannava a guardarla ingrassare fino alla morte. Tutti quei chili che prendeva settimana dopo settimana erano la tua colpa che lei masticava in doppia razione e che poi ti obbligava a guardare spostandosi per casa con fatica. Tu dopo cena sparecchiavi, raccoglievi i piatti nel lavello e ci versavi sopra l'acqua.

E adesso ecco questo signore – ora ti viene in mente una vacanza insieme a lui: ma com'è possibile che fosse *la stessa persona*? – che ti ferma all'angolo tra due strade. Quando gli hai chiesto «Che cosa ti è successo?» non ti ha risposto. È rimasto lí senza dire una parola, con quella cosa che assomigliava a un sorriso andato a male. Se ne andava in giro per la città nella sua enormità, con le colpe di tutti dentro la pancia – «Voi non mi volete abbastanza bene, ed è per questo che vi condanno a guardarmi» –, con il corpo che aveva rotto gli argini. Anche gli occhi erano ridotti a due tagli, la faccia glieli stava inghiottendo. Era da dietro quelle fessure che lui vedeva – per quanto ancora? – il mondo. Ma sarebbe bastato poco, hai pensato, forse anche solo un biscotto, o un panino, e la faccia si sarebbe presa anche gli occhi, e glieli avrebbe chiusi.

# Filo

Non l'avresti mai detto, che ti avrebbe spaventato cosí tanto un braccialetto rotto. Eppure quando è successo, facendoti la doccia, sei rimasta impietrita mentre l'acqua continuava a colpirti sulla testa e scivolare giú. L'hai visto staccarsi dal polso e precipitare in mezzo ai piedi, il verde del braccialetto e il rosso scuro dello smalto. E quando un rivolo d'acqua e schiuma prima l'ha raccolto e dopo ha preso a trascinarlo giú verso il punto di non ritorno dello scarico, ti sei inginocchiata per fermarlo. Hai disteso il braccio, ma il braccialetto si è infilato dentro un mulinello, e dopo due giri d'acqua se n'è andato. Tu hai visto il suo ultimo colpo di coda, e poi sei rimasta cosí, in ginocchio nella doccia, a guardare spaventata il buco nero dentro cui sono finiti in un risucchio tutti i desideri espressi tanto tempo fa.

Sono passati cinque anni, da quando un tizio ti aveva fatto i nodi al braccialetto. Allora eri ancora una ragazza, e adesso sei una donna con due figli e una famiglia. Tu, scettica sempre per partito preso, all'inizio avevi tentato di difenderti, cercavi di liquidare la sua insistenza con un acquisto sbrigativo e una moneta. Lui aveva insistito ancora, ti aveva detto «Ogni nodo è un desiderio che si apre», e tu con un sospiro avevi consegnato il polso alle sue mani. Come ti chiedeva avevi chiuso gli occhi, e a ogni desiderio che prendeva forma gli facevi un cenno con la testa e lui stringeva un nodo. Tu avvertivi la stretta, e quasi ti faceva male, una punizione e una preghiera insieme. E cosí, a occhi chiusi in mezzo a una piazza, in pieno inverno, avevi sentito i tuoi desideri schiudersi, partire, andare a cercare per il mondo l'altra metà che gli mancava.

Gli anni sono passati, e non hai piú pensato al braccialetto. In mezzo ci sono stati fidanzati, amici, una madre andata via in due mesi, un matrimonio e due figli venuti fuori insieme. Ogni tanto qualcuno, nel tempo, ti ha fatto notare questo braccialetto stinto e ormai ridotto a un filo. Tu tutte le volte hai risposto che prima o poi si sarebbe finalmente rotto. Poi di colpo, un martedí mattina, sotto la doccia, si è staccato. Senza nemmeno uno strappo. E a te, che l'hai visto precipitare, ti si sono spalancati gli occhi. E ti sei inginocchiata, sotto l'acqua, e la tua era una specie di supplica – sgomenta – che quei desideri di allora – che ormai non ricordavi piú e che però ora andavano a esaudirsi dentro il buco nero dello scarico – fossero gli stessi di oggi, e non una bomba che tra poco, finita la doccia, asciugati i capelli, aperta la porta, avrebbe fatto saltare tutto in aria.

G

# Ghiri

È arrivato il figlio e ha voluto cambiare tutto: la casa, il giardino, gli alberi. Non sono passate neanche due settimane dalla morte del padre che già l'avete trovato in mezzo alla salita che non riusciva a ripartire. Era in piedi, con la macchina spenta, e guardava in su, per vedere quanta strada c'era ancora da fare. Allora vi siete fermati, e tu gli hai messo le catene. Le aveva comprate per via dell'obbligo a bordo, poi non le aveva mai usate. Tanto in città le strade sono sempre pulite, e venire quassú a trovare suo padre – hai pensato, guardandogli le scarpe e il foulard –, venire quassú a trovare suo padre, non valeva la pena. Meglio aspettarne la morte. Perché la casa è bella, ed è per questo che viene su a reclamarla, anche se non è capace a salire lungo una strada innevata.

Cosí a meno di due settimane dalla morte del padre c'era un cantiere. Voi guardavate dalla finestra: l'architetto, il capomastro, due operai. E il figlio, naturalmente, che faceva dei gesti indicando la casa e la piana alberata davanti, sempre con gli occhiali da sole sul naso e il collo nel foulard. Ogni mattina saliva su anche un furgone, e i due operai ci caricavano le cose del padre. Entravano e uscivano dalla casa sollevando i mobili, tenendoli uno da davanti e l'altro da dietro. Quando è arrivata la betoniera, per voi è cominciato l'inferno: il trapano, il martello pneumatico e i muri dentro che andavano giú. Portavano fuori le macerie con una carriola – il padre la usava per portare in casa la legna – e le rovesciavano in un unico mucchio che cresceva sul prato.

Degli alberi non potevate dire niente: erano suoi e lui voleva la vista fino in fondo alla valle. Cosí sono arrivate anche le motoseghe e hanno cominciato a infuriare, e avete sentito gli alberi cadere giú contro il prato. Si sentiva lo schianto, e la motosega che per qualche istante taceva. Quindi il silenzio si allargava insperato, si apriva fuori dalla finestra come un paracadute nell'aria. Dopo l'ultimo schianto, davanti non c'era piú niente: solo la piana nuda, i moncherini degli alberi, il figlio e l'architetto che guardavano tutta la valle con le mani a visiera. Poi li hai visti voltarsi di scatto, e chiamarsi indicando sul tetto. Sul tetto c'erano quattro ghiri che ciondolavano in fila indiana. Si trascinavano con fatica lungo il cornicione, sembravano ubriachi – stringevano il cuore, a vederli, l'ultimo che arrancava piú indietro di tutti –, cacciati, sfollati in mezzo al letargo.

# Grazie

Hai telefonato piú volte, ma il suono se n'è andato in giro per la casa senza nessuno che lo raccogliesse. Ogni volta poi partiva la segreteria. All'inizio ti è dispiaciuto, ci sei rimasta male. D'altra parte non sono molte le vie che può prendere un suono: in corridoio giú in fondo fino alla stanza da letto. Oppure a destra, oltre la cucina, oltre il bagno, fino allo studio. E se la porta dello studio è aperta, allora lei può sentire. Quella casa la conosci bene. Ti ci sei seduta per cinque anni ogni martedí mattina, e per cinque anni ogni martedí mattina dopo un'ora esatta ti sei alzata, hai salutato con una stretta di mano, e ti sei infilata in ascensore. In ascensore ogni martedí ti sei sistemata, e quando il portone si è aperto hai abbassato la testa e per tre isolati non l'hai tirata piú su.

Hai riprovato a chiamare ogni mezz'ora, prima di rinunciare. Hai pregato lo squillo di cercare meglio, di andare anche nello studio della dottoressa, là dove ogni martedí aggiungevi qualche centimetro alla pila del dolore raccolto in quella stanza. Ti sedevi lí – in cinque anni hai cambiato quattro sedie – e cercavi con le cosce di sentire la forma o la temperatura di chi ti aveva preceduto. Una volta, uscendo, avevi incrociato una coppia che entrava. Ma lei ti diceva di non far caso al dolore degli altri, e di tirare fuori il tuo. Cosí tu aprivi la borsa, lo prendevi, e glielo mostravi. Stavi lí un'ora, facendoglielo vedere. Lei scuoteva il capo, tu rimettevi in borsa tutto quello che non era servito, e dopo te ne andavi.

Alla quarta telefonata hai deciso di parlare. Hai sentito la sua voce che diceva «Al momento non siamo in casa». Poi il bip. Allora ti sei schiarita la voce: «Dottoressa, è da tanto che non ci sentiamo. E, niente, volevo dirle che, sí insomma, finalmente sto un po' bene. Cioè, non so se sto proprio bene del tutto, però va bene cosí, pensavo. Pensavo proprio che va bene cosí. Insomma, sí, sa, alla fine non mi dispiace mica, come sono. Ecco, non volevo dirle nient'altro. Solo che in effetti, sa, aveva ragione, il mondo è diverso da come me l'ero inventato. E volevo dirle grazie, anche se forse non si usa». Dopo hai messo giú, hai tirato su la testa, e hai fatto un sospiro che sembrava una risacca. E poi, a pensarci, è martedí, e il vento soffia sulle nuvole.

H

# Habitat

In fondo non è molto diverso da allora: tu sei innamorata, vorresti vederlo subito, ma dovrai aspettare domani. Ciò significa che – esattamente come allora – ti sentirai molto e insieme molto poco libera: passerai la giornata a lucidare con lo spray le lancette dei minuti e dei secondi, e poi d'un tratto, con un gesto di stizza, le colpirai piú volte con l'intenzione di punirle e di spostarle avanti. E – proprio come allora – penserai che quelle percosse non servono a niente, perché il tempo non si sposta a bastonate. A volte, anzi, per reazione, punta le unghie in terra, e ringhia, e non c'è verso di farlo muovere. Cosí getterai lo straccio contro il pavimento e ti attaccherai al telefono. E però come mai – ti chiedi in questa domenica mattina di mezzo sole – di colpo tutto ti sembra non solo diverso, ma proprio l'esatto contrario? Come mai allora ti era sembrato eccitante, e oggi no, rinchiudere un fidanzato dentro un segreto?

Per il tuo primo ragazzo – eri quindicenne da poco – avevi costruito un luogo che non prevedeva la presenza d'altri. Nessuno doveva sapere nulla di lui. Avevi letto che si chiama habitat, quell'unico posto in cui un essere vivente può continuare a sopravvivere. Il suo habitat – quello che tu avevi creato per lui – era il segreto. Quando eri con i tuoi genitori sapevi dove pensarlo: lo pensavi dentro quella bolla trasparente in cui l'avevi fatto entrare. Se l'avessi anche solo nominato, o peggio se lo avessi fatto uscire, sarebbe morto, e con lui anche il vostro amore. Cosí lo raggiungevi appena potevi. Uscivi con una scusa, e per le scale già correvi. Arrivavi trafelata di fronte alla bolla trasparente del suo habitat, infilavi la chiave nella toppa, la giravi, e si apriva la porta del segreto. Poi te la tiravi dietro e c'eravate solo voi due – i vostri baci, le vostre parole, le vostre carezze –, voi due che eravate come una vite che cresce e si annoda intorno a un albero.

Che cosa c'è di diverso oggi da allora? – ti chiedi in questa prima domenica di marzo mentre lucidi le lancette dei minuti. Quella bolla era un mondo solo vostro: tu aprivi la porta del segreto, facevi un passo, e quando poi te la chiudevi dietro, per gli altri già non c'eravate piú. La sera tornavi a casa, e dire le bugie ai tuoi era un piacere sottile, come dichiararsi innamorati un'altra volta, ribadire l'unicità del vostro amore. Come mai però dopo vent'anni, anche se tutto sembra uguale, quella bolla non ti piace piú? E mentre lo pensi – mentre pensi che vorresti chiamare ma che lui non risponderebbe, o peggio che potrebbe rispondere la moglie al posto suo – guardi fuori, e ti sembra di essere prigioniera dentro una di quelle palline trasparenti con la sorpresa che desideravi da bambina. Vorresti che qualcuno – proprio ora – mettesse una moneta e girasse la manopola. E dopo prendesse la pallina, la rompesse, e ti tirasse fuori.

I

# Imbarazzo

Ne avreste poi parlato spesso, della tua caduta, guardando i rispettivi figli andare su e giú sull'altalena la domenica mattina. Tutte le volte, però, avresti liquidato la faccenda in poche frasi: un sospiro, una mano in aria per scacciare via il ricordo tra le sciocchezze del passato, e poi un filo di malinconia prima di parlare d'altro. D'estate, con la comparsa delle gambe, di tanto in tanto avreste commentato il tracciato bianco della cicatrice. Ma l'avreste fatto distrattamente, parlando solo del disegno, l'arabesco bianco sul dorato dell'abbronzatura. All'arrivo dei vostri figli – qualche volta contenti di tornare a casa, altre volte capricciosi, sfuggenti, disperati – li avreste sistemati dentro i passeggini, allacciandoli perché non si ributtassero fuori a correre sul prato. E poi avreste preso il viale e li avreste spinti parlando di tutt'altro, gli stessi gesti tutte e due, ma ciascuna diventata madre a modo suo.

Per molti anni – prima dei bambini – non ne avevate parlato, della tua frattura. Vi eravate anche allontanate, incrociandovi con imbarazzo per la strada, fermandovi non piú del tempo necessario. Ma durante quegli incontri casuali li conta-

vate tutti, i secondi che trascorrevate insieme. E
alla fine del countdown vi baciavate – finalmente
autorizzate a congedarvi – e lei raccoglieva tutto
dentro la frase «Però, ti vedo bene». A te capitava
persino di dimenticartene, di quella che chiamavi
«la caduta». Ci pensava la pressione atmosferica,
con i suoi umori, a ricordartela, e la gamba che
cominciava a farti male. Ma le davi poco peso, in
verità, ci zoppicavi appena sopra, e sí, è vero, pensavi alla tua amica, avresti voluto chiamarla. Ma
poi non lo facevi, aspettavi il tempo bello per dimenticartene di nuovo.

Però quel pomeriggio di tanti anni prima non
potevate saperlo, quello che sarebbe stato. Non
potevate sapere che anni dopo vi sareste incontra-
te tutte le domeniche mattina ai giardinetti, e che
vi sareste dette anche – una volta, facendo finta di
crederci – che eravate, sí, dài, felici. Non potevate
sapere che avreste riso di quel pomeriggio, in cui
lei, arrivando in bicicletta a casa tua – avevate solo
quindici anni –, aveva alzato la testa e ti aveva vista in piedi sul davanzale della tua finestra. E però
non ne avreste mai piú parlato – questo no, non ce
l'avreste fatta, nemmeno tanti anni dopo, nemmeno con i bambini già cresciuti –, non avreste mai
parlato del gesto che avevi fatto con la mano guar-
dandola dall'alto. Quel gesto di portarti il dito alle labbra – con indosso solo una maglietta gialla –,
per chiederle di mantenere il segreto, in nome della
vostra amicizia, su quella cosa che lei poteva forse
appena intuire, prima di vederti saltare.

# Infanzia

Era chiaro che prima o poi il bambino con gli occhiali e i pantaloncini rossi avrebbe calciato il pallone fuori dal campo. Era chiaro perché lo colpiva con la cattiveria di un conto in sospeso tra piede e pallone, senza troppi pensieri su direzione, avversari, e risultato finale. Ogni volta che lui partiva all'attacco, tu per un attimo ti staccavi dalla conversazione. Sentivi qualcuno, dentro di te, che saliva su una scaletta – proprio lí, sotto il tuo sterno – da cui evidentemente la partita si vedeva meglio. Tu stavi lí e lo lasciavi salire, avvertivi il tonfo dei suoi piedi sui pioli come un cuore supplementare. Speravi che non li sentisse invece la signora che ti sedeva accanto, con cui parlavi in giacca e cravatta d'immobili, tassi e speculazioni. Appena il gioco s'interrompeva, dentro di te sentivi di nuovo quei piedi sui pioli in discesa, il fiatone, e dopo silenzio. Allora riprendevi a parlare: vent'anni di professionismo per un consiglio da dare a un'amica.

Quando è arrivato il pareggio hai capito che era arrivato anche il momento di spostarsi dalla panchina. Dentro di te stava diventando un inferno: la conversazione era tutta colpi di tosse e interca-

lari per prendere tempo. Tutto un salire e scende-
re dalla scaletta, e poi i piedi – il tuo cuore supplementare – che si spostavano a destra e a sinistra
seguendo il pallone sul campo. A tratti, da sotto
lo sterno, sentivi qualcosa di simile a una debole
imprecazione che mettevi a tacere battendo con
la mano sul petto. Allora hai proposto alla signora
di passeggiare, perché le idee – le hai spiegato – si
mettono in moto solo se uno si muove. Rincorro-
no le persone per paura di essere lasciate indietro.
Avete preso a passeggiare lungo l'anello asfaltato
che costeggiava il campo, e la signora ti ha espo-
sto contrita un problema di eredità e guerre tra
fratelli, minato da calci di punizione e ingiustizie
commesse sulla linea di porta.

Poi il bambino con gli occhiali e i pantaloncini rossi ha colpito il pallone con foga, e l'hai visto
volare molto in alto sopra la porta. Era chiaro che
sarebbe successo: non si gioca menando calci in
quel modo. Hai visto il pallone venire nella vostra
direzione. Un rimbalzo per terra, un altro, un paio a seguire piú indecisi e ravvicinati. La signora
non si è accorta di nulla – ripeteva solo di continuo
«Dimmi tu cosa devo fare» –, e invece dentro di te
si è spalancato un silenzio pieno di attesa. Nessuno si è mosso, sotto lo sterno. È stato in quel momento, mentre il pallone rotolava verso di voi, è
stato proprio in quel momento che hai capito che
sarebbe stato impossibile trattenerlo. Cosí, dopo
vent'anni di educazione, di reclusione, di modera-
zione, il bambino che ti stava dentro ha spalancato
la porta con un urlo. La signora si è fermata. Con

uno scatto, tu e lui vi siete lanciati insieme contro il pallone, e insieme l'avete calciato con tutte le forze, alzando poi le braccia al cielo.

L

# Lavaggi

Hai guardato la piccola macchia sul cuscino con uno sconforto che ti ha fatto chiudere gli occhi. Ma quando li hai riaperti la macchia era sempre nello stesso punto, piú o meno in corrispondenza dell'orecchio. Cosí sei scesa dal letto e senza nemmeno infilarti la camicia da notte – in mutande, senza reggiseno – hai tolto la federa furiosa e l'hai scaraventata contro il muro. Dopo hai tolto anche le lenzuola, hai raccolto tutto e con la stessa furia l'hai messo in lavatrice. E non importa che non ci fosse altro da lavare: hai chiuso lo sportello, hai selezionato il lavaggio colorato – ma le lenzuola erano tutte bianche, c'era solo quell'unica, minuscola, macchia rossa – e ti sei seduta a vederle annegare nel sapone. Speravi che dopo il funerale finalmente non l'avresti piú sognato, e invece è successo di nuovo.

Quando eri piccola succedeva cosí: di punto in bianco, senza preavviso, senza una ragione comprensibile, tuo padre metteva la casa a ferro e fuoco. Iniziava tutto con un rumore improvviso, un colpo, un infrangersi di cose. Poteva essere un piatto lanciato contro il muro, un vaso preso a calci, oppure la tua torta di compleanno tirata fuori dal frigo e scagliata in terra – tua madre quel giorno era arrivata in cucina e aveva cercato invano di separare le fragole e la panna dai cocci, ma poi aveva buttato tutto nell'immondizia. Tu stavi lí in un angolo – avevi quattro anni, poi sette, poi sedici, poi venti – sperando soltanto di sparire, di essere assorbita dall'intonaco dei muri, incapace anche solo di domandartene il perché. Tuo padre dopo si sigillava in camera per ore, e per quello stesso tempo in casa si camminava sulle punte, si mangiava senza dirsi niente, colpevoli tutti – tu per prima – di avergli rovinato il tuo compleanno.

Poi sei andata via di casa e lui ha cominciato a vendicarsi dentro i sogni. La giornata la passavi tutta in libertà – il lavoro, gli amici, il fidanzato – e però la sera, nel letto, chiudevi gli occhi e lui arrivava. Per otto ore mandava in frantumi tutto quello che trovava: stoviglie, lampadari, finestre, altre torte di altri compleanni. Tu dormivi in un angolo del letto – da fuori eri solo un corpo che restava immobile – e al risveglio c'era una stilla di sangue sul cuscino. Per tutto il giorno andavi in giro con il frastuono di vetri rotti nella testa. E speravi che con la morte – l'hai pensato quando la terra l'ha inghiottito – se ne sarebbe andato anche dai tuoi sogni. Vuoi pensarlo anche adesso – forse bisogna solo avere un po' di pazienza – mentre la schiuma si mangia la macchia rossa insieme alle lenzuola, e tu seduta in terra le guardi girare nell'oblò.

# Libeccio

È bastato che cadesse una foglia nel ruscello e l'acqua la prendesse e la portasse con sé. È bastato vederla sparire oltre la curva, qualche metro piú a valle, perché tu volessi rivedere la caduta. Ancora!, hai gridato alzando gli occhi verso i rami. Poi l'hai urlato di nuovo, come se davvero, reclamandola con insistenza, l'albero potesse concederti una foglia. Tua madre ti ha detto che non era quello il modo di chiedere le cose. È un albero – ha aggiunto tuo padre sistemando la coperta sopra il prato –, non è mica la nonna, che fa tutto quello che vuoi tu. Tua madre ha detto che l'unica soluzione era aspettare che la staccasse il vento. Quando poi, pochi istanti dopo, è successo, tu hai gridato L'ho vista!, come fosse una stella cadente. E la foglia è venuta giú, con i tuoi desideri a cavalcioni, si è appoggiata sull'acqua ed è scivolata via.

È vento di libeccio, ha commentato tuo padre. Parte dal deserto e arriva fino a noi. Quindi ha preso una foglia che era caduta sull'erba – intanto tua madre faceva uscire dalla borsa tre panini, una birra e una lattina di aranciata –, si è allungato verso il ruscello, ha disteso il braccio e l'ha lasciata cadere. È una buona nave, guarda come fila via senza paura. È stato lí che hai detto che anche tu volevi una barca per partire. Tua madre ti ha chiesto di mangiare, prima. Però era poco convinta, e infatti è stata una richiesta inutile e non l'ha piú ripetuta. Ti sei alzato e hai cominciato a setacciare il prato, ma erano tutte imbarcazioni troppo piccole – tuo padre diceva che non ci stava l'equipaggio –, mentre il vento del deserto di tanto in tanto ne staccava una e la portava giú. Poi finalmente l'hai trovata, ed era grande come una mano aperta verso il cielo.

Questo sono io, hai detto poggiando un pezzo di pane sulla foglia. Quando hai chiesto a tua madre se voleva partire anche lei insieme a te, c'è stato un momento d'imbarazzo – tua madre è arrossita, si è coperta la guancia con la mano, e non ha guardato tuo padre. Dal deserto è arrivato un soffio, ha staccato una foglia e l'ha accompagnata in acqua. È scivolata giú ed è sparita oltre la curva. Tu ne hai presa una di quelle scartate da tuo padre e l'hai data a tua madre. Tieni, hai detto. Ci hai messo sopra un pezzo di pane – Questa sei tu – e lei l'ha sistemato con la punta delle dita. Ti sei avvicinato al ruscello, e lei ti ha aiutato a mettere in acqua la tua barca. L'avete guardata salpare. E tu non vieni?, hai chiesto. Con un gesto rapido tua madre ha preso il pane dalla sua foglia, se l'è messo in bocca e ha iniziato a masticare. Io – ha detto piano –, io non ce la faccio.

M

## Maschera

Prima di tutto vi ha fatto vedere come si entra e come si esce dalla maschera. Eravate tutti raccolti intorno a lui. Lo guardavate, e lui camminava per il palco a piedi nudi, sentivate il legno scricchiolare sotto i suoi talloni. Poi vi ha chiesto di restare in silenzio, di non pensare ad altro che non fosse quello che stava per succedere. Ve l'ha detto in una maniera grave – persino con qualche traccia di angoscia, ti è sembrato – e poi ha chiuso gli occhi per cercare la concentrazione. La ragazza che ti sedeva accanto ha sibilato «Che paura», e tu hai pensato le sue stesse parole ma senza dirle. Il maestro ha riaperto gli occhi, vi ha detto «Cominciamo», e nessuno – o cosí ti è sembrato – ha piú respirato. Quindi ha fatto il gesto di aprire una porta, ha fatto un passo oltre quella soglia, e se l'è tirata alle spalle. Quando la porta si è chiusa, il maestro vi ha guardato, e avresti urlato, perché in quegli occhi lui non c'era piú.

È ritornato a voi accompagnato dal sospiro che tutti quanti avete rilasciato. L'ha fatto con lo stesso gesto della porta aperta e chiusa, il passo in avanti, e dopo di nuovo la sua faccia sul viso. Sul palcoscenico c'era solo odore di sudore acido, impaurito, e la ragazza che ti stava accanto ha detto che forse lei non se la sentiva, di continuare. I giorni successivi è toccato a voi, tentare di aprire la porta, passare dall'altra parte, ritornare fuori insieme agli altri. Ma lo sapevate, che ci voleva esercizio, il maestro ve l'aveva detto dall'inizio. Il primo che ci è riuscito è stato un signore, già bianco in testa e sulla barba. L'avete visto sparire oltre la soglia e avete provato tutti un'invidia enorme, a vederlo camminare cosí sereno a piedi nudi per il palco, con gli occhi di un altro. E quando poi è uscito, aprendo e chiudendo la porta, vi ha detto che dall'altra parte si stava cosí bene, e aveva la faccia di chi voleva tornarci di nuovo.

Il maestro vi seguiva uno a uno, vi pregava di fare attenzione, di provarci soltanto quando vi sentivate pronti per davvero. Entrare è facile – vi diceva –, è uscire la parte piú difficile. Bisogna sentire che è piú forte la chiamata della vita. Quando finalmente è arrivato il tuo momento, dopo molte prove andate a vuoto – sei anche scoppiato a piangere, al quarto tentativo – ce l'hai fatta. Ti hanno visto aprire la porta con rabbia – il maestro dietro ti incoraggiava – e dopo richiuderla. E di colpo, ecco, di colpo ti è sembrato che ci fosse una pace enorme, che per una volta tutto fosse intero. E non t'interessava piú che fuori, dopo un po', gli altri si allarmassero – no, non sentivi la chiamata –, che la faccia del maestro fosse spaventata, che ti portassero via in braccio. Hai anche aperto la mano, senza farti vedere, e hai lasciato cadere la chiave.

# Mattina

Dell'età adulta ti piacciono soprattutto le mattine. Niente piú risvegli di soprassalto un quarto d'ora dopo il suono della sveglia, niente compiti di francese fatti solo per metà, niente verbi da ripassare alla fermata. Niente professori che brandiscono registri dentro i sogni. Soprattutto nessun senso d'inadeguatezza a pedinarti lungo la giornata, con il sollievo soltanto di un sospiro al cambio d'ora. Le mattine dell'età adulta, invece, sono una vita piena d'aria. Sono la giornata che si schiude poco a poco, tua moglie che t'interpella sull'abbigliamento sfilando per la casa a piedi nudi, tuo figlio che fa colazione accanto a te. Lui sta chino sopra il latte senza dire una parola. Con lo sguardo ingrugnito cerca nella tazza la forza per affrontare la giornata e l'interrogazione che lo aspetta a un chilometro da casa.

Qualche volta lo accompagni a scuola, e da lí poi te ne vai in ufficio. In macchina cerchi di fargli capire che l'età adulta spazzerà via questo senso di malessere, che crescendo sono tante le questioni che di colpo diventano piú chiare. Il trascorrere del tempo – gli spieghi con le quattro frecce lampeggianti davanti al cancello della scuola –, il trascorrere del tempo svuota la clessidra delle cose che non servono, le fa scivolare giú, ammucchiate una sopra l'altra nella pira del passato. E quindi, insomma, si relativizza, si dà peso alle questioni che sono davvero importanti nella vita, che non sono i compiti, il quaderno dimenticato a casa o le eccezioni del dativo di possesso. Quando gli parli in questo modo, tuo figlio guarda inespressivo oltre il parabrezza, aspetta che termini il sermone e scende dalla macchina.

Ma poi – nell'età adulta – basta un corso di tedesco fatto per diletto, per girare la clessidra e ricominciare tutto dall'inizio. Le prime lezioni ti sei divertito, a scegliere il quaderno, a ritornare tra i banchi, con compagni brizzolati e insegnante in piedi alla lavagna. Poi però sono cominciati quei risvegli: i compiti non finiti sul quaderno, la coniugazione del verbo «fragen» infilandoti i calzini, le colazioni – tuo figlio fissando il latte, tu il caffè – e i viaggi in macchina senza dirsi una parola. E quando la professoressa di tedesco si aggira tra i banchi, ecco, dalla pira del passato sale su una vocina, sale su e poi arriva lí, in mezzo all'età adulta, e implora «Ti prego, ti prego, non chiedere proprio a me».

N

Nostalgia

Per farlo salire in macchina hai dovuto faticare parecchio, e comunque per tutto il viaggio ha guaito, grattato con le unghie sul sedile, e si è mangiato un pezzo di coperta. Ti sei dovuto persino fermare a bordo strada, con le quattro frecce lampeggianti, e supplicarlo di calmarsi – «Yuri, per favore». Ma non c'è stato niente da fare, e anzi le ultime curve prima del canile si è trascinato davanti e ha iniziato ad ansimare cosí forte che hai temuto che si strangolasse. Cosí ti sei fermato di nuovo, l'hai raccolto in braccio, gli hai fatto il solletico sulla pancia – «Che succede?» – Probabilmente era la malattia che gli toglieva il fiato. O forse faceva solo troppo caldo, la macchina si stava allagando di afa. Poi siete arrivati al canile, hai parcheggiato, gli hai aperto la portiera. È sceso a fatica. Insieme a lui è uscito anche il caldo, come una cucciolata di altri cani dietro.

L'importante – hai detto al guardiano – è che sia un cane in tutto identico a lui, macchia compresa. Non si preoccupi, ha commentato, che lo troviamo. Il ragazzo, un tizio alto con pochi capelli e una salopette di jeans, ti ha fatto entrare in una baracca che usava per ufficio, una scrivania e due

sedie. Una te l'ha indicata perché ti ci sedessi. Yuri è entrato con una pietra in bocca, e l'ha lasciata
cadere sul tuo piede. Poi si è andato a sgonfiare in
fondo alla baracca, sotto una cartina dell'Europa
appesa male. Per quando?, ti ha chiesto il ragazzo.
Eh, sta troppo male, hai risposto sottovoce. Hai
voltato la testa verso di lui. Si era coperto gli occhi con la zampa. Viene il veterinario domani pomeriggio per l'iniezione, hai detto in un sospiro.
Quando siete usciti dalla baracca Yuri è rimasto
sotto la cartina. Mezz'ora dopo siete rientrati. La
aspetto, ti ha detto il ragazzo tossendo. Poi Yuri
si è alzato e ti ha seguito fuori. Gli hai aperto la
portiera e lui con fatica è salito.

Nel palazzo nessuno si è accorto di niente, nelle
settimane successive. Quelli che prima lo detesta-
vano, hanno continuato a farlo nello stesso modo,
con la stessa smorfia, le stesse parole bofonchiate e
gli occhi al cielo. Quelli che prima lo accarezzavano
non hanno smesso di farlo, e anche il figlio della
portinaia continua a tirargli la coda quando uscite
la mattina. E tu? Tu quando lo chiami – «Yuri!» –
lui viene e ti scodinzola tra i piedi. L'estate fate le
solite passeggiate sulla spiaggia: lui corre qualche
metro avanti o qualche metro indietro, con il naso
che setaccia la sabbia e la sua bella macchia bianca
sulla testa. È un bravo cane. Se gli lanci il bastone
te lo riporta indietro, se gli avvicini la mano te la
lecca, e si fa accarezzare da tutti. La sera guardate
la televisione insieme. Tu gli lisci le orecchie con
la mano, e in fondo siete contenti tutti e due, però
quando ti fai la doccia non abbaia piú.

# Nudità

È stato solo un sogno, d'accordo, però ti ha infastidito. Che bisogno aveva – ti chiedi – di dirtelo, visto che non avete mai condiviso niente? Qualche amico in comune, certo, però tu non ci credi alla retorica della proprietà transitiva. Poi è inaccettabile, non sono questi i modi, con un messaggio alle sei del mattino. Tuo marito ti ha anche chiesto chi fosse, e tu gli hai dovuto mentire. Non potevi certo dirgli che un tuo conoscente – sí, ecco, un conoscente: non potresti utilizzare una parola diversa – ha sentito il bisogno di comunicarti con un messaggio alle sei di mattina di domenica di averti sognata. Siete appena venuti fuori malconci da una terapia di tre mesi con uno psicologo. Men che meno potresti dirgli di quell'aggettivo inopportuno – «interessante» – seguito da tre puntini di sospensione e da una faccina fatta con punto e virgola e parentesi.

Però per due giorni, dopo quella menzogna – «Ma perché mia cugina manda messaggi la domenica mattina alle sei?» –, per due giorni ti sei sentita a disagio, con tuo marito. Hai voluto degli amici per cena pur di non restare sola con lui. Ti sei ben guardata, ovviamente, dall'estendere l'invito anche

a tua cugina, per evitare situazioni imbarazzanti.
Nonostante gli amici e gli impegni che ti sei presa, però, per quei due giorni sei stata sfuggente.
Una sera, prima di dormire, ti ha anche chiesto se
fosse successo qualcosa. Ma tu hai detto che no,
figurarsi, e ti sei girata dall'altra parte. Dopo non
hai chiuso occhio per ore. L'idea di essere andata
dentro il sogno di un altro – un conoscente, per
giunta, un tizio amico di amici – e lí di esserti spo-
gliata e di avere fatto del sesso con lui – cos'altro
puoi aver fatto, se non del sesso, visto che ha usa-
to l'aggettivo «interessante»? – ti faceva sentire
in colpa con tuo marito e furiosa con quell'altro.

Per qualche tempo hai evitato le situazioni in cui
avresti potuto incontrare il tizio del sogno. Poi per
fortuna te ne sei dimenticata, lui non ti ha man-
dato piú messaggi, e con tuo marito hai ripreso il
vecchio ménage. Finché un pomeriggio, com'era
inevitabile prima o poi, hai incontrato il conoscente
sotto i portici. Tu eri da sola, lui era con un amico.
Ti ha fermato e vi ha presentato – «Te ne avevo
parlato, ricordi?», gli ha detto, e lui ha risposto
«Sí, certo», anche se probabilmente non era vero
che si ricordava. E lí, sotto i portici, tu sei arrossita e hai cominciato a sudare. Hai preso a passar-
ti le mani nei capelli di continuo, nuda di colpo
con tutti gli altri a passeggio che ti squadravano,
si voltavano a guardarti. E tu pensavi solo ai tuoi
seni, ai capezzoli, e a quel po' di pancia che avevi
– che vergogna! – e cercavi di coprirti, e poi non
ce l'hai piú fatta e sei scappata via senza salutare.

# Ordigno

Quindi un giorno tua madre ti ha spiegato che cos'era un segreto. Ti è venuta a prendere a scuola, e mentre tornavate a casa, in macchina, ti ha spiegato che confidare un segreto a qualcuno significa affidargli la cosa piú cara. E di conseguenza: quando si riceve in custodia un segreto – ti ha detto rallentando al semaforo – bisogna avere cura di quel che si è ricevuto. Un segreto – al verde è ripartita, senza smettere di parlarti – sono le parole di un altro a cui bisogna preparare un giaciglio dentro la pancia. Ci vuole abilità – avevi anche fame, hai guardato tua madre, ma non hai osato dir niente, vista la solennità del momento – a mandare giú quelle parole senza masticarle, senza rovinarle. È sufficiente una spinta con la lingua all'indietro e sentire il segreto che scende lungo l'esofago come una comitiva di parole in discesa. Una volta arrivate in fondo – ti ha detto sotto casa – è importante che trovino un nido dove passare il resto dei giorni.

Dopo cena, mentre tuo padre leggeva il giornale in cucina, è venuta a sedersi con te sul divano e ha alzato il volume della televisione. Ha cominciato a parlare sottovoce, e ha detto che voleva consegnarti un segreto. Tu l'hai guardata e ti brillavano gli occhi. Quindi hai deglutito – certo, era l'eccitazione, ma era soprattutto per pulire la strada al convoglio di parole in arrivo – e le hai detto «Sono pronta». Lei allora ha abbassato la voce ancora di più e ti ha detto che aveva, sí, insomma, che c'era un altro uomo, oltre a tuo padre, e che lo vedeva ogni tanto. Ha riso, anche, ed era per imbarazzo. Quell'altro uomo le piaceva molto, ti ha detto con gli occhi che adesso brillavano a lei. Tu hai messo sulla lingua una parola dopo l'altra, hai dato un colpo all'indietro, e le hai sentite scivolare giú lungo l'esofago fino al nido che era già pronto per loro. Tuo padre si è affacciato lamentandosi per il volume della televisione e poi è tornato in cucina.

Cosí da allora sei andata in giro con quella cosa dentro la pancia. Andavi a scuola e la sentivi che ticchettava, nei silenzi dei compiti in classe. Guardavi gli altri per capire se la sentivano anche loro, ma loro per fortuna stavano chini sui quaderni. La sera, prima di cena, mentre facevi i compiti seduta al tavolo della cucina sentivi il segreto che ticchettava nella pancia. Però tuo padre per fortuna non se ne accorgeva, e tua madre ogni tanto ti faceva un occhiolino di complicità. E a cena parlavi piú che potevi – velocissima e a volume piú alto di tutti – perché il ticchettio non si sentisse, e dopo scappavi a chiuderti in camera. E un giorno che tuo padre ti ha sentito respirare a fatica – eravate soltanto tu e lui in casa – e ti ha appoggiato al petto l'orecchio. Poi ha detto «Come batte!» Tu hai pensato che avesse scoperto l'ordigno, e invece lui ha sussurrato solo «Sei sana come un pesce».

# Orologio

Gli tremava la mano per lo sforzo, mentre tentava di far saltare via il coperchio con la pinza. Ogni tanto ti guardava al di sopra degli occhiali, con l'orologio disteso sul palmo, per controllare la tua apprensione. Poi tornava a spingere, a cercare un varco con la punta. Tu guardavi il cinturino, le grinze sul cuoio, la pelle dell'animale segnatempo che quell'uomo stava tentando di salvare. Il telefono ha cominciato a suonare, e per un po' lui ha lasciato che suonasse. Quindi ha poggiato la pinza sul bancone, le ha adagiato l'orologio accanto e ha afferrato la cornetta. A volte lo fanno – ha detto dopo un minuto di ascolto silenzioso – di accelerare un po', ma non è nulla di grave. Tu hai guardato l'orologio disteso in mezzo a lenti d'ingrandimento, cacciaviti, la carta di una caramella. Me lo porti, ha detto l'uomo al telefono, e intanto ti ha guardato fissare l'orologio rovesciato sulla schiena.

Il coperchio è saltato via con un rumore secco. Finalmente, ha detto l'uomo lasciando andare via con un sospiro l'insofferenza che gli era cresciuta tra le mani. Quando si è fermato?, ti ha chiesto. Prima di rispondere hai spiato dentro la pancia dell'animale segnatempo, la batteria nel centro e le

viscere metalliche. Oggi, alle dieci e venticinque.
L'uomo ha guardato una pendola alla parete, alla
tua destra. Da venti minuti, ha commentato. Tu
non gli hai detto di aver fatto correndo le tre vie
che separano casa tua dal laboratorio, né che ti veniva da piangere scendendo le scale con l'orologio
in mano. Non hai detto che il cuore ti si è fermato per un attimo quando l'orologio – era l'orologio
della tua amica piú cara, te l'aveva lasciato il marito dopo che lei se n'era andata – ha dato l'ultimo
calcio al tempo e non si è mosso piú.

Una signora intanto è entrata nel laboratorio
e ha chiesto un'informazione di nessuna impor-
tanza. In quello stesso istante due orologi a cucú
hanno aperto la porta e due uccelli sguaiati hanno
cominciato a urlare per poi ritornare dentro alla
fine dell'annuncio. L'uomo, che aveva ripreso in
mano l'orologio e stava estraendo la batteria, le ha
risposto, e la signora è uscita. Tu per tutto il tempo
hai fissato lo spazio vuoto della batteria. Per quanto potrà resistere?, ti sei chiesta. La tua amica in
ospedale aveva i capelli sudati e suo marito le sof-
fiava sulla fronte. E dopo che anche le macchine
si erano fermate – dopo *tutto* – lui ti aveva dato
l'orologio, e quando in ascensore l'avevi accostato
all'orecchio avevi sentito che batteva. Ci siamo,
ha detto l'orologiaio. Con la pinza ha inserito la
batteria tra gli ingranaggi. Infine ha girato l'orologio. Ascolti, ha detto, e tu hai chiuso gli occhi e
finalmente hai respirato.

P

# Pasticceria

L'importante è che la pasticceria ogni mattina sia diversa. Solo cosí il desiderio resta sempre un animale selvaggio da cacciare. È stato il medico – tu non avresti osato arrivare a tanto, e soprattutto non avresti osato *dirlo* – a consigliarti di coltivare il rituale, di lavorare sui preparativi, di pensare alla discesa dal letto come alla prima fase della cerimonia. Te l'ha detto mostrandoti le analisi, cerchiando con un pennarello rosso i valori a tre cifre incolonnati, e poi spingendo il foglio fino a te. Tu li hai guardati, quei numeri, li hai visti saltare dentro lo scarabocchio del medico come leoni dentro un cerchio di fuoco. Quindi hai sospirato. Non ce la posso fare, dottore. È stato in quel momento che lui si è tolto gli occhiali, ha incrociato le mani, e ha cominciato a parlarti del rituale. Scelga la sua preda. Ogni mattina una diversa. Lo faccia d'istinto. Come un animale. La punti. Entri. Seduca la pastarella prigioniera dentro la vetrina.

Cosí tutte le mattine ti alzi, e bevi il tè verde che tua moglie ti prepara. Lei ti saluta con un bacio sulla testa – si china da sopra, già con la giacca addosso, trafelata – e se ne va. Tu aspetti di sentire il tonfo del portone, tre piani piú in basso, e ti butti sotto la doccia. Cinque minuti di beatitudine, il sapone, lo shampoo che ti riempie di soffici nuvole la testa. Poi la barba, in accappatoio: la schiuma, la carezza insidiosa della lama, due schiaffetti sulle guance. Quindi l'inizio della vestizione. Non c'è rituale senza vestizione, ha detto il medico. La camicia stirata, scegliere la cravatta a tono, il nodo spinto sotto il collo, una passata di lucido alle scarpe. Mai smettere di guardarsi nello specchio. Piacersi. Infine: ascensore – guardarsi ancora nello specchio –, salire in macchina, girovagare con apparente distrazione. E finalmente sentire il richiamo, frenare, mettere le quattro frecce. Entrare in pasticceria con sicurezza.

Lo fai tutte le mattine da tre mesi. Ogni volta che entri il profumo ti viene addosso come un'onda d'urto. Te ne stai lí – nel cuore della cerimonia, vestito di tutto punto – e guardi le vetrine. Individui i clienti indecisi: li avvicini, chiedi i loro gusti, li consigli. Appena punti il dito su un pasticcino senti un ruggito nelle orecchie, vedi i leoni inferociti che saltano dentro il cerchio di fuoco disegnato dal dottore. Poi guardi mangiare gli uomini e le donne che hai aiutato nella scelta, e annuisci quando ti dicono che è buono. Pensi alla discesa della pastarella dentro il loro stomaco. Quindi bevi un caffè al banco, senza mai staccare gli occhi dalla pasta prescelta, prigioniera a occhi bassi dietro la vetrina. Le fai capire che ritornerai. In macchina batti i pugni sul volante – «Si sfoghi!» –, e pensi a lei. E pensi al primo del mese, quando – solo per un giorno – potrai entrare in pasticceria, fendere la folla, liberarla. E poi offrirla in sacrificio alle tue voglie.

# Porte

La prima porta l'hai aperta tu, e la tua donna ti ha fatto segno di far piano. Nell'altra stanza c'era il suo bambino che dormiva. Hai lasciato le scarpe in ingresso e in punta di piedi, con il cappotto e il cappello ancora addosso, sei passato accanto a quella stanza e hai lasciato la valigia in camera da letto. La tua donna, che ti veniva dietro, ti ha dato un bacio appassionato e dopo ti ha mostrato il tuo lato dell'armadio. Poi siete usciti dalla stanza, ti sei tolto il cappotto, il cappello, e li hai abbandonati sulla panca in corridoio. Quindi siete entrati in punta di piedi nella stanza dove il bambino dormiva. Vi siete guardati, tu e lui, lui con gli occhi chiusi, tu che ti sei chinato sul suo viso, e lei che guardava quell'inchino.

La seconda porta l'hai sbattuta quando hai saputo che la tua donna aveva un altro uomo, mentre aveva te. Sei uscito infuriato, e dietro la porta è rimasto il pianto del bambino, impaurito dalle vostre grida, e i tuoi vestiti nell'armadio. Hai sceso le scale a due a due, hai camminato per la città fino a quando la fatica non ti ha preso e poi svuotato, e a passi lenti sei tornato verso casa. La sera non vi siete detti molto, mentre mangiavate. Il suo bambino ti si è addormentato in braccio, sul divano, e dopo l'hai portato nel letto. La tua donna ha guardato in terra tutto il tempo, senza dire una parola. Tu hai spogliato il bambino, e lui sognando ha infilato braccia e gambe nel pigiama. Gli hai chiuso la porta – la terza – di fianco al galeone illuminato.

L'ultima porta l'ha chiusa lei un lunedí. La notte, mentre tu la pregavi di pensarci un'altra volta, ha messo dentro due valigie il suo lato dell'armadio. La mattina il bambino vi ha trovato in cucina che facevate colazione, e lei aveva gli occhi neri di stanchezza. Lui è arrivato a piedi nudi e per istinto è venuto a farsi raccogliere da te. Te lo sei appoggiato sulle gambe, mentre quella che era la tua donna prendeva il suo cappotto dalla panca in corridoio. È entrata in cucina, ha dato un bacio al bambino e si è girata per uscire. Quando avete sentito la porta che sbatteva il bambino si è voltato, mentre tu guardavi fuori. Hai chinato il viso su di lui, gli hai poggiato le labbra sulla fronte, e poi gli hai detto «Dài che facciamo tardi a scuola».

Q

# Quasi

Chissà che cosa deve aver pensato, quando hai cominciato a parlargli come se già vi conosceste. All'inizio ti ha guardato con una specie di sospetto. Eravate in otto, in coda, e tu ti sei rivolto proprio a lui. Gli altri vi hanno ignorato – hanno proseguito a sbuffare e lamentarsi ad alta voce della lentezza degli impiegati allo sportello – mentre tu gli hai battuto la mano sulla spalla e hai fatto un commento sui capelli di una delle ragazze dietro il vetro. Lui si è voltato verso di te, con il suo bollettino in mano, e dopo ha detto che forse avevi ragione, il colore dei capelli – o era la piega? – non si addiceva all'età. E poi hai preso a parlargli della multa che dovevi pagare, e del lavoro ansiogeno di tua moglie, di una vacanza che volete fare in Germania, delle crisi di tua figlia – ma quando sono piccoli la *crisi* è la costante, hai aggiunto – e lui partecipava con pudore, dietro il paravento della timidezza e della sua discrezione.

Come facevi a dirgli quanto ti emozionava la sua somiglianza – ma era di più di una semplice somiglianza: era *quasi* uguale! – con uno degli amici che hai avuto più cari nella vita, perso di vista tanto tempo fa? Dopo un po' hai iniziato a tem-

pestarlo di domande – lí sotto il neon, mentre uno
dopo l'altro i vostri compagni d'attesa arrivavano
finalmente allo sportello, pagavano e se ne andavano ancora borbottando – e lui poco a poco si è
fatto coraggio e ha iniziato a crepare dall'interno
la timidezza e ad affacciarsi. Poi è arrivato il tuo
turno, e avvicinandoti al vetro gli hai detto che
l'avresti aspettato, che in fondo non avevi fretta,
anzi, che ti faceva piacere, visto che tua moglie e
tua figlia erano a casa travolte dalla perifrastica
passiva, e tu saresti stato volentieri alla larga dalla slavina del latino.

Cosí avete passeggiato lungo il viale per un'ora
e mezza, e per tutto il tempo tu hai continuato ad
appassionarti nei racconti, a chiedergli di lui. A
un certo punto l'hai anche preso sotto braccio, e
gli hai detto di aprirsi, di parlarti senza paure, e
lo ascoltavi raccontarti della sua separazione, dei
debiti di gioco. Ogni pochi passi, camminando,
girava la testa verso di te e ti guardava con un misto di incredulità – ma perché ti interessavi tanto
a lui? – e di gratitudine. Te l'ha anche detto, che
era molto impressionato dai tuoi modi cosí gentili,
in un mondo in cui invece tutti scappano da tutti.
Quando è venuta sera vi siete salutati stringendovi
la mano. Lui ha sorriso – anche il sorriso era *quasi*
uguale a quello del tuo amico, solo un po' piú ma-
linconico – e se n'è andato via di spalle. L'hai visto
infilare le mani in tasca e rovesciarci tutte quelle
cose che non erano per lui. E magari trattenerne
una tra le dita.

# Quindici

Cosí alla fine vi hanno convinto a prendere un appuntamento con uno psicologo. Vi siete seduti davanti a lui sistemandovi ciascuno sulla propria parte di ragione, e finché non vi ha dato la parola non avete detto niente. Quindi a turno avete parlato, portando soltanto prove a carico dell'altro, tu scaldandoti parecchio e tuo marito tentando di non farsi disarcionare dalle parole che dicevi. Alla fine della seduta, dopo aver taciuto tutto il tempo, lo psicologo vi ha prescritto un esercizio da osservare con frequenza quotidiana. Ogni sera dovrete affrontare una questione che vi sta molto a cuore, e però per farlo avrete a disposizione soltanto quindici minuti di parole. Il primo di voi due che parlerà lo farà per quindici minuti – non uno di piú – mentre il secondo, per replicare, dovrà aspettare il giorno dopo.

Hai cominciato tu una sera sul balcone, verso la fine dell'estate. Per tutto il giorno hai pensato al discorso che gli avresti fatto, limando ogni passaggio, affilando l'ingresso e l'uscita dalle frasi, appuntando un paio di varianti sopra un foglio. Poi la sera avete sistemato le sedie, l'una in faccia all'altro, e con un po' di emozione avete dato il via ai vostri esercizi quotidiani. I tuoi quindici minuti li hai riempiti senza esitazione. Parlavi concitata, guardandolo negli occhi con una ferocia che era come una forma bellicosa di concentrazione. Per un quarto d'ora hai chiesto alle parole di entrargli dentro e fare scempio, di mettere tutto a ferro e fuoco. Le hai aizzate perché gli saltassero negli occhi, corressero latrando fino in fondo al cuore, e te lo portassero ferito il giorno dopo sul balcone di quella sera alla fine dell'estate.

La sera successiva ha parlato tuo marito. Si è seduto davanti a te. Ti ha guardato, con gli occhi pieni di fatica. Quindi ha cominciato a parlare e per quindici minuti tu l'hai ascoltato spaventata, sentendo ogni parola scivolarti dentro e andare a prendere posto in tutto il corpo. Dopo avete mangiato, senza dirvi quasi nulla se non lo stretto necessario, siete andati a letto. A metà della notte ti sei svegliata in un bagno di sudore, atterrita perché sentivi il cuore salire verso la gola. Ti sei tirata su per avere un poco di sollievo, mentre tuo marito respirava profondo accanto a te. Ti sei appoggiata le mani sulla pancia per placarla: c'erano le sue parole in ostaggio, dentro di te, che si muovevano, si rivoltavano, non ti davano pace. E così, gravida, hai sibilato una melodia, una nenia, e il sonno ti ha presa, ti ha aperto uno scivolo, e ti ha portata con sé.

R

# Ricatto

Non è ammissibile, hai detto, che mia madre pianga tutto il santo giorno. Non vi paghiamo perché stiano bene?, hai gridato. Andavi su e giú per la stanza brandendo il libretto degli assegni. La direttrice della casa di riposo, seduta dietro la scrivania, ti invitava a sederti con lo sguardo, senza nemmeno provare a fiatare. Ma tu la ignoravi, e quando alzavi la voce lei chiudeva gli occhi per difendersi con pazienza e con coraggio. È inammissibile, hai ribadito. Soprattutto considerando la cifra che ogni mese lasci per garantire a tua madre un istituto di cosiddetta eccellenza. Le tue urla erano cosí alte che la porta si è aperta e si è affacciata una guardia – un uomo calvo, corpulento e con il naso arrossato, la faccia di un buttafuori da discoteca – ma la direttrice gli ha fatto segno che andava tutto bene. Ti sei fermato per un istante, e quando l'uomo corpulento si è tirato dietro la porta hai ripreso da dove ti eri interrotto. È inammissibile che ogni volta che vengo a trovare mia madre, lei sia in uno stato – hai detto – di *knock-out tecnico*.

Ti sei infuriato ancora di piú quando la direttrice ha detto che tua madre non solo non era in uno stato di *knock-out tecnico*, per usare la tua discutibile espressione pugilistica, ma anzi era una delle piú *dinamiche* dell'istituto. Come fa a essere *dinamica* – le hai domandato utilizzando il suo discutibile aggettivo – una persona di novantadue anni, di oltre cento chili, che sta sdraiata in un letto e piange dal primo all'ultimo minuto che le stai accanto? La direttrice si è alzata, ha fatto il giro della scrivania, e ti ha raggiunto. Si è seduta di fianco a te, in quelle che nel lessico dell'istituto chiamano con malcelato disprezzo le «sedie dei parenti». Su quelle sedie si firma, si compilano gli assegni, si reclama, e si enumerano tutte le ragioni per cui è *per il loro bene* che si depositano lí i vecchi genitori. Le assicuro, ti ha spiegato con una voce e uno sguardo di consumata morbidezza, che sua madre *in sua assenza* è una donna molto *dinamica*.

Cosí ti sei lasciato convincere, e la settimana dopo hai fatto quello che la direttrice ti chiedeva: sei andato senza preannunciare la tua visita. La direttrice ti ha accolto nel suo ufficio. Adesso le farò vedere – ti ha detto con un sorriso sardonico – il *knock-out tecnico* di sua madre. Avete fatto tre piani di scale – tutti gli infermieri la salutavano ostentando la parola «direttore» – e ti ha condotto davanti alla porta semichiusa di una stanza. Quindi ti ha invitato a guardare. Dal taglio dello stipite hai visto tua madre, in tutta la sua enormità, che intratteneva un gruppo di altri *ospiti* con vecchie canzoni licenziose. Lei cantava e alcuni di loro le andavano dietro, altri battevano il tempo. Ridevano tutti. Tu, con l'occhio nella fessura, ti sei tirato indietro, e non hai piú detto niente. Hai ringraziato, hai sceso le scale insieme alla direttrice, le hai stretto la mano. Dopo sei entrato in macchina. Erano anni che non bestemmiavi piú.

# Rinascita

Sono stati tutta la notte chini sopra il tuo letto d'ospedale, tre per lato e tuo marito che camminava per la stanza. Per tutta la notte ti hanno guardata respirare, la tua pancia che saliva e che scendeva con fatica coperta soltanto dal lenzuolo. A turno hanno controllato la frequenza del respiro, contandone le andate, mentre tua madre, piú esperta di tutti loro in questo genere di cose, ti diceva sottovoce di soffiare forte fuori. Ma tu non reagivi in nessun modo. Te ne stavi quasi immobile, su quel letto di metallo, le gambe divaricate, i capelli sudati sulla fronte e scomposti sul cuscino. E il tuo respiro batteva il tempo per tutti, e cosí loro inspiravano ed espiravano tutti insieme – qualcuno tossiva, e poi chiedeva scusa –, la stanza che di colpo diventava una cassa toracica con vista sul giardino.

Ogni tanto un infermiere sporgeva la testa nella penombra, si avvicinava al letto e controllava a quante gocce scendeva il tuo dolore estremo. Quindi senza dire niente se ne andava via. Lo accompagnavano tutti con lo sguardo – ogni tanto qualcuno provava ad alzarsi per seguirlo, ma poi restava giú – e tornavano a chinarsi sul tuo letto, tre per lato, tuo marito alla finestra, e tua madre che continuava a dirti di soffiare. Vicino a te c'era un letto vuoto, e tuo nipote si è scusato perché non era il momento, ma ha chiesto se poteva dormire qualche ora. Si è tolto le scarpe ed è salito su, con i suoi tredici anni e i jeans consumati sul ginocchio. Si è addormentato in un attimo, su quell'altro letto di metallo, e il suo fiato si è subito accordato a quello degli altri, e al tuo che te ne stavi andando.

Di colpo hai cominciato a respirare forte, strattonavi con tale violenza che il letto cigolava sopra il pavimento. Tuo marito dalla finestra è tornato e si è fermato in piedi accanto a te – ti ha soffiato appena sulla fronte – mentre tua madre diceva piano, come una preghiera, «Tu sei la mia bambina». Fuori intanto ha albeggiato, e tuo nipote si è girato su un fianco, dando le spalle agli altri, con il portafoglio che gli usciva dalla tasca per metà. È stato in quel momento che tu hai preso la rincorsa, e hai soffiato con tutta la forza che avevi, gli occhi semichiusi, il sudore che ti scendeva a gocce sulla fronte, le gambe quasi spalancate. Tuo marito, che ha capito, ti ha guardato con dolcezza e dopo ha chiuso gli occhi e si è piegato su di te. Mentre lí, davanti a tutti, veniva alla luce, senza un vagito, senza neppure un lamento, il tuo ultimo respiro.

S

# Senza

Ci sono bambini che scoprono l'esistenza del padre il primo giorno di scuola. Fino a quel giorno il mondo è fatto di due, e anche in due funziona bene. La sveglia è la madre che passa la mano sul viso, ed è la madre che tutti i giorni monta il mondo perché il bambino ci possa stare dentro: incastra ogni pezzo in un altro perché lui possa stare in piedi da solo. Ci sono giorni in cui la madre sembra non trovare piú le istruzioni, ed è evidente la fatica che fa. Le si increspa il sorriso. Alle mandibole le spuntano due palline di rabbia. Qualche volta scoppia a piangere. Il bambino lo sa e si dispiace per lei, ma non pensa nemmeno per un istante che alla madre manchi qualcosa, e che costruire il mondo da sola è piú difficile perché c'è sempre un pezzo che manca. Il bambino non ci pensa, e aspetta la sera, quando la madre smonta il mondo pezzo per pezzo, lo rimette nella scatola e spegne la luce.

Poi arriva il primo giorno di scuola. Il bambino si è preparato da tempo, e con la madre ha comprato matite, fogli e colori. La mattina del primo giorno di scuola la madre prende la scatola e gli monta una passerella d'onore. Dove la passerella finisce, lí comincia la scuola. La madre lo aspet-

terà sulla passerella, dove il bambino potrà camminare al contrario all'uscita. Quando il bambino
esce, però, non trova soltanto la madre ma anche
dei padri che aspettano i suoi compagni di classe.
È in quel momento che il bambino guarda la madre, ed è in quel momento che la madre lo guarda
con degli occhi che avrà quel giorno soltanto: da
quegli occhi il bambino capisce che dentro la sua
scatola c'era un pezzo di meno, anche se sua madre
è stata bravissima a fare stare in piedi il mondo lo
stesso. È cosí che, di colpo, il bambino conosce la
nostalgia delle cose che non sono mai state.

A quel bambino – e quel bambino sei tu – viene una malinconia sulla faccia che è come un vetro
sporco di pioggia. Anche se continui a sapere che la
passerella è sempre pronta ed è lí che ti aspetta per
portarti con sé. Fino a quando un giorno, all'uscita di scuola, il padre di un tuo compagno ti prende in braccio per qualche minuto – senza nessuna
ragione –, e tu gli appoggi la testa sopra la spalla.
E quando tua madre ti vede, si accorge che la stai
guardando con degli occhi che avrai quel giorno
soltanto. E pensa a quando si trova una cosa – una
spilla, un portafortuna, una chiave – dentro pantaloni mai piú indossati. Guardandoti in braccio a
quell'uomo, sente quella stessa sorpresa. Soprattutto sente la malinconia di quando ci si rende conto
che si è smesso di cercare una cosa, di quando ci
si accorge che tra le tante cose imparate, si è im-
parato a vivere senza.

## Sigaretta

L'importante è calcolare la distanza giusta. A dirlo oggi sembra semplice – ora sei diventato infallibile, nel congegnare le menzogne come colpi perfetti – ma ci sono voluti sei mesi per individuare il punto esatto. La caramella va scartata e appoggiata sulla lingua a un chilometro e mezzo da casa: al curvone del centro commerciale, subito dopo il cavalcavia. Se sei a piedi è sufficiente molto di meno, basta cominciare a succhiare dalla ferrovia. Sai bene ciò che devi fare: rubare l'anima alla caramella, avvilupparla con la lingua, sormontarla come una valanga, travolgerla, e infine estrarle il suo segreto, aspettare che liberi con un grido di paura la menta che trattiene. Prima sarebbe inutile: l'odore si disperderebbe prima di arrivare a casa e in bocca tornerebbe l'alito inequivocabile di catrame e nicotina. Dopo, invece, sarebbe sospetto: entrare con una criniera di mentolo farebbe alzare il sopracciglio di tua moglie.

Ma con la caramella presa alla distanza giusta sei nell'igiene perfetta di una bugia a tenuta stagna. Puoi persino darle un bacio quando entri in casa – sai che per sicurezza ti conviene trattenere un poco il fiato, ma sai anche che si tratta di una forma di perfezionismo – e subito dopo infilarti in bagno a lavarti mani e viso col sapone. Quando tua moglie esce per la spesa, poi, aspetti di sentir sbattere il portone, di vederla attraversare la strada. Spesso ti affacci a salutarla per essere certo della direzione, e qualche volta lei si gira e solleva in aria braccio e mano. Appena scompare dietro l'angolo torni dentro, sfili una sigaretta dal pacchetto, e te la fumi seduto sul balcone. Ma dopo i primi tiri sei sempre un po' nervoso, cosí finisci per spegnerla senza essere arrivato a metà. Ritorni in casa, ti lavi lungamente i denti, e ti siedi sulla poltrona a leggere maledicendo tutto il tempo che tua moglie ci impiega a ritornare.

Poi c'è quel momento della mattina in cui esci da solo a camminare. Tua moglie ti vede scodinzolare verso la porta, ti ricorda di prendere le chiavi. Scendi le scale con il pacchetto nella tasca interna della giacca, lo senti che ti accarezza il petto. Esci. Ogni metro di strada che ti lasci dietro – chi ti ha visto dice che in quei momenti sembra che tu cammini sulle punte – è un fossato che riempi di piacere e di ridicola paura. Aspetti di arrivare fino ai portici, quindi infili la mano nella tasca. Quando la mano torna fuori stringe una sigaretta tra i polpastrelli di due dita. Prima di accenderla pensi alla promessa di smettere che hai fatto a tua moglie tre anni fa, al primo giorno di pensione. Poi la accendi, e aspiri con avidità, socchiudendo gli occhi con una specie di sorriso. E cammini sotto i portici, rallentando il passo, incrociando qualche ragazzo con lo zaino che fa la stessa cosa, con lo stesso incommensurabile piacere, dopo aver saltato scuola.

T

# Terra

La sensazione è stata quella di un colpo piú forte del cuore, un calcio dato – da dentro – al centro del petto. Soltanto dopo hai capito che il pavimento aveva tremato, e quando hai alzato la testa hai visto vacillare l'armadio e il lampadario. Intanto tua madre aveva già cominciato a gridare, e non c'è stato il tempo di pensare alle scale che eravate già in strada insieme a decine di altre persone. Guardando da fuori le crepe lungo il muro, il cuore ha tirato un altro calcio da dentro. Quindi un coro di voci allarmate ha accompagnato la caduta di un pezzo di casa, dal tetto fino allo scoppio al contatto col suolo. È allora che tutti hanno cominciato a dire di andare al campo sportivo. I primi hanno dato l'esempio e gli altri – tu e tua madre tra questi – li hanno seguiti voltandosi indietro, fermandosi ogni venti metri a vedere se il palazzo crollava davvero.

Il campo era un po' fuori dal centro abitato. Voi eravate un serpente lungo qualche chilometro che con la testa l'aveva raggiunto da un pezzo, mentre la coda era ancora in mezzo alle case. Qualcuno ha cominciato anche a dire che la terra si era calmata, che si poteva rientrare perché il pericolo era finito. Ma le mamme – e la tua era tra queste – dicevano che era meglio aspettare qualche ora. Cosí siete entrati nel campo sportivo, e ciascuno ha scelto il posto in cui si sentiva piú sicuro, qualcuno al centro, qualcuno sui lati. Tu hai voluto stare sotto la porta, che era il posto dove stavi ogni volta che giocavi con i tuoi compagni. Tua madre voleva portarti al centro del campo, ma dopo poco ha rinunciato. Lí ti sembrava di avere una casa, seconda soltanto a quella che avevi lasciato quando il pavimento aveva cominciato a tremare.

Siete stati lí seduti a lungo, e a lungo nessuno ha parlato. C'erano le nuvole basse, e c'era un vento che non si dava pace, un tormento di fughe, e subito dopo una specie di fischio. Poi hai sentito un tremore sotto il sedere, come qualcuno che tirava un calcio da sotto la terra. Lí, seduto sull'erba, mentre gli altri avevano preso a parlare e una bambina piangeva atterrita, a te invece, all'opposto, è venuto in mente un pomeriggio in cui tua zia ti aveva invitato ad appoggiarle l'orecchio alla pancia una settimana prima del parto, per sentire i colpi che dava il bambino, da sotto la pelle. Quando avevi staccato l'orecchio, l'avevi guardata, come ora sull'erba hai guardato tua madre, e ti eri coperto la bocca, come per un segreto che non bisognava dire a nessuno.

# Tregua

Era la prima volta che vedevano un ragazzo suonare, e la tua faccia era la faccia di uno che non sa nemmeno lui perché ha suonato davvero. Di solito, quando sentono il citofono, è quasi sempre un'ambulanza, e allora premono un pulsante, si accende la spia, e il cancello si apre lentamente. Invece questa volta c'eri tu, un ragazzo a piedi con il viso deformato dalla telecamera, un cappello di lana calato sugli occhi, e hai detto solo che volevi entrare. Una voce di signora ti ha chiesto la ragione, e tu hai fatto una smorfia per via della luce negli occhi. Quindi hai detto qualcosa che non si è capito – ti sei mangiato le parole – e hai chinato la testa. Poi l'hai tirata su, hai guardato la luce del videocitofono e hai detto «Allora, mi fate entrare?»

Hai camminato per tutto il vialetto d'ingresso guardandoti i piedi dentro le scarpe. C'era un po' di neve sporca ai lati, sul prato si era già sciolta quasi tutta. Una signora con un camice ti è venuta incontro, ti ha chiesto il nome – Andrea, le hai risposto – e ti ha fatto segno di seguirla. Poi ti sei seduto davanti a lei in una stanza riscaldata e ti sei tolto il cappello quando ti ha invitato a farlo. Non la guardavi in faccia, mentre parlava, ti fissavi le ginocchia. Ti ha chiesto l'età, e tu hai detto che avevi diciott'anni. Ti ha chiesto come mai non eri a scuola, e non hai risposto. Ti ha chiesto dei tuoi genitori, e di nuovo non hai detto niente. Poi ti ha chiesto perché eri lí, e allora ti sei alzato dalla sedia, ti sei tolto la giacca, hai tirato su le maniche del maglione e hai mostrato le braccia ferite.

Un infermiere ha lasciato la barella poco oltre l'ingresso e la signora si è alzata in piedi ed è venuta dall'altra parte del tavolo. Ti ha chiesto «Sei sicuro?» Poi ha aggiunto «Non ti obbliga nessuno». Tu hai detto «Per favore, altrimenti mi rovino». L'infermiere ti ha fatto segno di sdraiarti. Tu ti sei tolto le scarpe da ginnastica sfilandole coi piedi, e sei salito sopra la barella. Per un attimo sei stato con le gambe penzoloni, poi ti sei disteso e hai chiuso gli occhi. E quando lui ti ha immobilizzato, tirando tutte le cinture, li hai riaperti, e hai guardato la signora. Poi hai fatto un sospiro lunghissimo, e hai detto «Grazie», con qualcosa che era molto simile a un sorriso.

U

# Unico

Era solo un tema in classe, e da quando avevi iniziato la scuola ne avevi fatti cosí tanti che avevi perso il conto. Potevate scegliere fra tre diverse opzioni, ma quasi tutti avete scelto la prima della lista: togliete una cosa dal vostro passato che non volete piú. Quando la professoressa ha finito di scrivere il titolo sopra la lavagna si è voltata e vi ha guardati. Voi eravate già tutti con la penna a grattare sopra il foglio e gli occhi a frugare nel passato. Cosí lei senza dire niente si è seduta, facendo piano per non squarciare quel silenzio che si era aperto nella classe. Tu tiravi fuori le parole con furia dalla penna, rosso in faccia e con la mano illividita. Se la professoressa fosse stata al posto del tuo foglio, avrebbe visto che avevi gli occhi spalancati.

A leggerli erano un catalogo di dispiaceri. I tuoi compagni li hanno tirati fuori tutti a voce alta, e in poco tempo sono finiti in colonna alla lavagna. Una partita di pallone persa per un rigore all'ultimo minuto. Un bacio mai dato. Un sabato che sarebbe stato bello passare con la mamma. Uno schiaffo di soppiatto. Uno xilofono calpestato da un padre in un accesso d'ira che poi suonava male. Ogni volta che i tuoi compagni leggevano, gli altri subito ridevano e per un po' non si poteva andare avanti. Il furto di una bicicletta. La spia fatta per vendetta. Il giorno che avevano scelto quella scuola. Poi alla fine sei arrivato tu, che non riuscivi a smettere di scrivere, anche mentre gli altri ridevano, urlavano, e la professoressa ti incoraggiava a terminare.

Però quando hai iniziato avevi una faccia piena di sollievo. Finalmente era arrivato il tuo turno di sbarazzarti di una cosa del passato. Hai preso fiato, ti sei alzato in piedi con il foglio tra le mani e hai parlato. I tuoi compagni ti guardavano e tu, a differenza loro, raccontavi una cosa bellissima che ti era successa a cinque anni. Che poi in fondo era una cosa da nulla, una signora che in treno – mentre scendevate a sud per le vacanze – ti aveva coperto con la sua sciarpa mentre dormivi. Tu eri sprofondato dentro quel profumo unico, che non avrebbe mai avuto degli uguali. Ma ora, scrivevi dentro il tema, quel ricordo non lo volevi piú. Perché ti aveva tormentato tutti i giorni, quella felicità come un dolore, il pensiero che mai ne avresti avuta un'altra cosí bella.

# Uscita

La prima volta aveva nove anni e stavate per rinunciare. Forse – vi eravate detti – è troppo presto per il primo volo da sola. Non c'era verso di farla passare sotto la porta del metal detector, e mancavano dieci minuti all'inizio dell'imbarco. Da una parte c'eravate voi, dall'altra un'agente in divisa che le diceva di non avere paura. Aveva un rossetto acceso e le faceva segno con la mano di raggiungerla. Si era piegata sulle ginocchia per essere alla sua altezza. Come ti chiami?, aveva chiesto. Isabel, avevate risposto voi. Su, Isabel, raggiungimi. Se chiudi gli occhi – aveva detto offrendole un gioco come una corda da tirare – è facilissimo. Ma lei stava lí, pietrificata. Vi eravate inchinati, le avevate parlato piano indicandole l'agente. Isabel allora aveva stretto gli occhi e si era lanciata correndo sotto la porta. Quando li aveva aperti – l'agente l'aveva presa tra le braccia – si era voltata, e voi eravate dall'altra parte, le sorridevate e vi chiedevate se avevate fatto bene.

Le volte successive – le poche che l'avevate mandata da sola dai nonni all'inizio dell'estate – era andata molto meglio, anche se la porta del metal detector le faceva sempre paura. C'era quell'attimo di esitazione, prima di passare. Guardava voi, alle sue

spalle, poi guardava l'agente oltre la porta. Prendeva
le misure. Si concentrava, come un saltatore in alto.
Poi partiva e passava in un unico respiro. Una volta
era suonato l'allarme e voi vi eravate spaventati piú
di lei. Isabel si era solo voltata a guardarvi mentre
l'agente le passava sui vestiti la paletta. Si era persino
divertita, quando l'uomo in divisa le aveva detto di
tornare indietro a piedi nudi. Era corsa dalla vostra
parte sollevata. Quindi si era messa in posizione ed
era ripassata in un unico respiro ma senza piú allar-
mi che suonavano. Poi l'agente l'accompagnava al
gate: lei si voltava a salutarvi con la mano, e voi le
sorridevate sperando che andasse tutto bene.

Ha smesso di guardare il metal detector a quat-
tordici anni. Da allora ha cominciato a passarci sotto con solo un po' di imbarazzo e di civetteria per
quella passerella. Se suonava l'allarme, allargava le
braccia come non fosse una faccenda di controlli
ma la fine di un'acrobazia, l'uscita da una capriola
o dalle parallele. Spalancava le braccia, mostrava
il petto. Dopo raccoglieva la borsa dal nastro, vi
salutava e spariva verso la sua uscita. Finché un
giorno è passata sotto il metal detector, e proprio
in quel momento vi siete accorti che non le avevate dato il panino per il viaggio. Avete cominciato a
sbracciarvi. Lei si è allacciata l'orologio, si è sistemata lo zaino sulle spalle. Ha cercato il suo volo sul
monitor, e si è incamminata senza voltarsi. E quel
giorno qualcuno vi avrà pur visti – voi due, oltre
quella porta – con un sorriso e un saluto pronti, e
un panino in mano. E avrà pur visto la faccia che
avevate, mentre rimettevate tutto via.

V

# Vergogna

Forse il tuo orologio è qualche minuto avanti, e questo in fondo ti potrebbe dare un po' di agio, ma sei comunque molto in ritardo, e quella corriera non puoi permetterti di perderla. L'hai sempre fatto, fin da quando eri ragazza, di indugiare fino all'ultimo per risparmiare tempo: essere in grande anticipo e poi di colpo, inspiegabilmente, in ritardo. Solo che allora scendevi le scale a due a due, gli ultimi gradini li annullavi in un salto. Poi spalancavi il portone e cominciavi a correre finché le gambe e il fiato te lo consentivano. Agli appuntamenti arrivavi sconvolta, rossa in faccia, e per un po' stavi piegata, con le mani appoggiate alle ginocchia, ad aspettare che tutto l'affanno fosse uscito. Poi ti tiravi su, e ridendo chiedevi scusa. Ma allora eri una ragazza, e adesso invece no, e a correre davanti agli altri, ecco, ti vergogni.

Così esci dal portone e la prima cosa che fai è guardarti intorno. Per fortuna l'inverno tira giú la notte prima del tempo, e questo ti viene in soccorso. Cominci a camminare piú svelta che puoi, ogni tre passi ce n'è uno che è un accenno di corsa, e che però ritorna subito ad ammansirsi in camminata. Un signore con un cane – tu conosci lui, e lui conosce te – ti viene incontro. Ma c'è sempre anche la corriera, tre vie piú in là, che sta per arrivare. E cosí fai di nuovo quei due mezzi passi di corsa, in mezzo agli altri passi, e ti tieni il petto perché non si veda quanto ce n'è – come mai col tempo sembra diventato cosí tanto? – e che se ne va sempre per i fatti suoi. Quando poi hai raggiunto il signore con il cane lo saluti, e già un passo dopo cominci a correre. O almeno ci provi, ma la borsa tira da una parte, e poi le scarpe non sono le piú adatte.

In fondo alla strada compare la sagoma del pullman, e però insieme, a complicare la faccenda, sbucano da una via laterale due ragazzi allacciati, sul tuo stesso marciapiede. Allora capisci che non hai scelta. O decidi che – pazienza – prenderai la prossima corriera, oppure ti rassegni a correre, evitando di guardare i ragazzi quando gli passerai davanti. Non ti sai decidere, e cammini e corri mentre la sagoma si fa piú grande sulla strada. Poi di colpo pensi che – amen – sarai pure ridicola ma non vuoi perderla, e cosí cominci a correre. E mentre corri, mentre senti il petto che se ne va su e giú, paonazza, ecco, proprio quando passi davanti ai due ragazzi, ti viene da ridere. E ridi per un misto di cose, per la vergogna, e però anche perché correre è bellissimo, e poi per quel piacere che senti, nel corpo, che non confesserai mai nemmeno a te stessa.

# Volpe

Adesso come farai – è questa la prima cosa che hai pensato di fronte agli occhi con cui ti ha guardato la signora – a ritornare in quella panetteria? Sono sei anni che ci entri ogni giorno, alle sei e dieci, uscendo dal lavoro: cinque panini e due pizzette per i bambini. I bambini nel frattempo sono diventati ragazzi e le pizzette sono aumentate di numero, anche se spesso se le comprano da soli. Ma la signora ogni volta ti avvisa – «Le pizzette le hanno già ritirate i suoi ragazzi, professore» – e poi prende cinque panini dalla cesta di vimini, te ne mostra la fragranza alla pressione delle dita – «Che dice, professore, vanno bene cosí?» – e li infila in un sacchetto di carta. Però adesso ti guarda con quegli occhi pieni di sospetto, come una nuvola nera arrivata di colpo sopra un lago. In mano ha la banconota con cui l'hai appena pagata, e te la sventola davanti alla faccia: «Professore, questi soldi sono falsi!»

Non ti ricordavi nemmeno piú, com'è una faccia che arrossisce. E invece adesso – hai cinquant'anni, sei tu che per mestiere fai arrossire le altre persone – la faccia che avvampa è la tua. Ti riprendi la banconota da dieci euro con un gesto stizzito, la fai sparire nel portafoglio, e poi dici alla signora che ovviamente non sapevi – «Ma scusi, secondo lei volevo ingannarla?» – che tu per primo sei stato vittima di una truffa. Però il rosso dalla faccia non se ne va, e ti volti per vedere quant'è popolata quella gogna a cui la signora ti ha sottoposto. Ma ci sono soltanto una suora e un ragazzo, e entrambi non dicono nulla, il ragazzo è nascosto sotto il cappuccio della felpa e la suora parla al telefonino. Quindi tiri fuori un'altra banconota e con sprezzo la dai alla signora. Lei la prende, la sfrega tra le dita per verificarne l'autenticità – il rossore aumenta, senza ragione – ti dà il resto sempre con quegli occhi sospettosi.

Esci dalla panetteria e pensi che no, che in quel posto non ci vuoi più tornare. Fuori fa freddo, per fortuna, e prendi lungo il viale per dare il tempo all'inverno di raffreddarti la faccia. Però ti brucia lo stesso, e ancora di più forse ti brucia l'idea di avere dieci euro di meno. Incroci una donna che va di fretta – goffamente – e due ragazzi che camminano annoiati. E poi fai una cosa, che non avresti mai immaginato di fare: fermi i due ragazzi – lui potrebbe addirittura essere un tuo studente, ti accorgi mentre gli parli – e gli chiedi se per caso hanno da cambiare una banconota da dieci perché hai bisogno di spiccioli per le sigarette. I due si frugano nelle giacche e scusandosi riescono a darti qualche moneta e una banconota da cinque – sí, dev'essere proprio un tuo studente, adesso che lo vedi arrossire – e s'infilano in tasca quella da dieci. E poi si riallacciano, e tu li guardi andar via, con la faccia di una volpe.

Z

# Zoo

Lo dicevano con una punta di disprezzo, anche se forse involontario. Se qualcuno chiedeva notizie dei figli, si diffondevano in parole su ciascuno. Primo veniva il piccolo, il piú indaffarato dei tre, sempre in macchina o al telefono – troppe fidanzate tra i piedi, se si scendeva nei dettagli del privato – e i sospiri per gli alti e bassi del mercato immobiliare. Dopo veniva la grande, con i tre figli che aveva scodellato – dicevano proprio cosí, «scodellato» – in quattro anni. Quando ne parlavano mostravano una stanchezza infarcita di civetteria per l'essere già tre volte nonni – ma in fondo non avevano tenuto anche loro lo stesso ritmo indiavolato, nel rifornire di nipoti la vecchiaia dei rispettivi genitori? Infine arrivavi tu, la figlia di mezzo. Facevi la tua comparsa tra i loro discorsi come prezzemolo tra i denti. Ti liquidavano dicendo – con quella punta di involontario disprezzo – che stavi nel tuo zoo. E poi il prezzemolo spariva.

La prima volta proprio non se l'aspettavano, di trovare tre conigli seduti sul divano e un'oca a correre per casa. Ai cani li avevi abituati da bambina: il sabato volevi passarlo alle reti del canile, e

un paio di bastardini negli anni te li avevano con-
cessi. Anche ai gatti erano rassegnati: quando eri
andata a vivere da sola, dopo l'università, ne avevi presi cinque, e tuo padre si era anche prestato
alle emergenze. Era stato lí che tua madre aveva
iniziato a dire – se qualcuno chiedeva del marito
– che era andato allo zoo per nutrire gli animali
di sua figlia. Poi però avevi deciso di installarti
nella casa di campagna di famiglia, e loro avevano pensato che fosse una buona idea. Ti avevano
lasciata in pace per un po', solo qualche sporadica
telefonata di tuo padre prima di dormire. Quindi
si erano presentati una domenica mattina per farti
una sorpresa, e tua madre aveva lasciato cadere in
terra la torta quando era entrata in cucina e aveva
visto una gallina dentro il lavandino.

Dopo quella volta si erano ben guardati dal tornare. Tra le fidanzate, il mercato immobiliare e le
poppate, anche i tuoi fratelli non li sentivi quasi
mai. Tuo padre faceva da ponte con le sue chia-
mate assonnate in tarda sera – ma tua madre non
ci credeva, quando lui la raggiungeva a letto, che
la tua voce era una cosa serena e piena di calma.
Un sabato pomeriggio – tempo dopo – erano arrivati tutti insieme, per festeggiare i tuoi trent'anni. La nuvola di polvere delle auto e un colpo di
clacson di tuo fratello. Quando avevano aperto
le portiere – in mezzo allo zoo – eri uscita con
due galline tra i piedi. In un attimo tutti i cani, i
gatti, e le galline, e i conigli, si erano raccolti intorno alle tue gambe. L'oca era rimasta sulla soglia. Due cani, fissando la tua famiglia schierata

sull'aia, avevano abbaiato minacciosi ma li avevi calmati con la mano. Poi ti eri chinata in mezzo a loro – sí, piena di calma – felice, a una ventina di metri dagli umani.

*Il maestro ci ha guardato, dopo averci fatto sfilare sotto gli occhi quella manciata di lettere di legno che teneva tra le mani. Erano un'unica piccola montagna di macerie, come se fosse ciò che era rimasto di un mondo che prima stava in piedi. La N si intravedeva appena, sepolta sotto il peso delle altre. Della C spuntava un corno solo. La F stava in cima a tutto a sventolare. Ciascuno di noi aveva guardato dentro il mucchio cercandoci una lettera. Forse l'iniziale del proprio nome. I piú sfacciati avevano frugato finché avevano trovato quella che cercavano. Dopo aver passato il mucchietto sotto tutti i nostri nasi, il maestro si è seduto. Ha guardato dentro la scatola vuota come se guardasse dentro un pozzo. In quel momento hanno bussato alla porta della classe. Lui ci ha guardati spalancando gli occhi. Senza che ci fosse bisogno di un suo ordine, siamo corsi ciascuno al proprio banco. Poi ha rovesciato le lettere nella scatola in un gesto frettoloso. Infine si è schiarito la voce. Mentre diceva «Avanti!» – e mentre la maniglia scendendo cigolava – ha chiuso il coperchio con un clac e ci ha fatto una specie di occhiolino.*

# Indice

Printed in Great Britain
by Amazon